EX LIBRIS

Aus der Bibliothek von:

Die drei !!!

Die drei !!!

Maja von Vogel

Die drei !!!

Heuler in Not

Kosmos

Umschlagillustration von Ina Biber, Gilching
Umschlaggestaltung von Friedhelm Steinen-Broo, eSTUDIO CALAMAR

Unser gesamtes lieferbares Programm und viele weitere Informationen zu unseren Büchern, Spielen, Experimentierkästen, DVDs, Autoren und Aktivitäten findest du unter **kosmos.de**

Weitere Bände dieser Reihe siehe S. 145

FSC
www.fsc.org
MIX
Papier aus verantwortungsvollen Quellen
FSC® C014496

Gedruckt auf chlorfrei gebleichtem Papier

ISBN 978-3-440-15364-2
Redaktion: Natalie Friedrich
Produktion: DOPPELPUNKT, Stuttgart
Druck und Bindung: GGP Media GmbH, Pößneck
Printed in Germany / Imprimé en Allemagne

Die drei !!!

Heuler in Not

Hofcafé mit Huhn

Franzi rannte. Ihre Turnschuhe trommelten über den Boden und ihr Herz klopfte im Takt dazu. Hinter ihr ertönten aufgeregte Stimmen.
»Haltet den Dieb!«
»Schneller, Franzi, du schaffst es!«
Franzi setzte über eine niedrige Buchsbaumhecke und lief weiter, ohne das Tempo zu verringern. »Gleich hab ich dich«, murmelte sie zwischen zwei Atemzügen, während sie einem Rosenbusch auswich. Jetzt! Sie machte einen Hechtsprung, warf sich auf den Verdächtigen und packte mit beiden Händen zu. »Hiergeblieben, Freundchen!«
Ärgerliches Gackern ertönte. Hektisch schlagende Flügel wirbelten Staub auf, der Franzi einen Moment die Sicht nahm. Im selben Augenblick pickte ein spitzer Schnabel nach ihrer Hand.
»Au!« Franzi zuckte zusammen und lockerte den Griff, was der Täter sofort zur Flucht nutzte. »Mist!«
Das Huhn hinkte hinter den nächsten Busch und plusterte vorwurfsvoll sein schwarz-golden gesprenkeltes Gefieder auf. Die rote Kordel, die es gestohlen hatte, hielt es immer noch fest im Schnabel.
»Komm sofort zurück, Polly!«, schimpfte Franzi. »Ich hab jetzt keine Zeit für Spielchen!«
Kim und Marie, die die Verfolgungsjagd amüsiert beobachtet hatten, lachten. Als Detektivinnen jagten sie öfter Verdächtige und Franzi schnappte sich normalerweise auch die

schnellsten Verbrecher. Dass sie sich von ihrem hinkenden Zwerghuhn abhängen ließ, war schon ziemlich lustig. Immerhin hatten die Freundinnen mit ihrem Detektivclub *Die drei !!!* bereits über sechzig Fälle gelöst!

»Lass sie doch«, sagte Kim. »Wir haben noch genug Kordeln.«

Franzi zuckte resigniert mit den Schultern und kehrte zu ihren Freundinnen zurück. Seit sie Polly mithilfe eines roten Schnürsenkels beigebracht hatte, wie man Würmer fing, war das Huhn völlig besessen von Bändern aller Art, ganz besonders, wenn sie rot waren.

»Warum ist Polly eigentlich nicht in ihrem Gehege?«, fragte Marie.

Normalerweise lebte das Huhn in einem großen Freigehege mit Schlafstall.

»Ich hab sie vorhin rausgelassen, damit sie ein bisschen auf dem Hof rumlaufen kann, bevor die Gäste kommen«, erklärte Franzi. Sie seufzte. »Das hat man jetzt davon, wenn man nett zu seinem Huhn ist.«

»Sind die Stehtische fertig, Mädels?« Franzis Mutter kam auf die Freundinnen zu.

»So gut wie.« Franzi breitete schnell eine weiße Tischdecke über den letzten Tisch, die Kim mit einer roten Kordel festband.

»In einer halben Stunde geht's los.« Frau Winkler strich sich nervös eine rote Haarsträhne hinter das Ohr. Sie hatte ihre Haare zu einem lockeren Knoten aufgesteckt und trug eine hellgrüne Schürze über ihrem geblümten Sommerkleid. »Mein Gott, bin ich aufgeregt!«

Franzi klopfte ihrer Mutter auf die Schulter. »Wird schon schiefgehen.«
Kim nickte. »Die Leute werden garantiert begeistert sein.« Sie sah sich um. »Es ist aber auch alles superschön geworden!«
Seit Monaten arbeitete Frau Winkler daran, ihren großen Traum zu verwirklichen: ein eigenes Hofcafé! Sie hatte Pläne geschmiedet und wieder verworfen, ihren Mann überzeugt, der anfangs ziemlich skeptisch gewesen war, und schließlich in dem alten Gewächshaus hinten im Obstgarten den perfekten Ort für ihr Café gefunden. Die ganze Familie hatte mitgeholfen, das Glashaus, das seit Jahren nicht mehr benutzt wurde, wieder herzurichten. Sie hatten die blinden Scheiben geputzt, Holzboden und Stromkabel verlegt und rundherum bunt blühende Sommerblumen gepflanzt. Auf dem frisch gemähten Rasen vor dem Gebäude warteten grün lackierte Holztische und Stühle mit karierten Sitzkissen auf die ersten Besucher.
»Könntet ihr bitte noch den Blumenschmuck verteilen?«, bat Frau Winkler. »Ich schneide schon mal die Kuchen an und setze den Kaffee auf.« Sie eilte zurück ins Gewächshaus.
Franzis Mutter hatte in den letzten Tagen pausenlos gebacken. Sie betrieb schon länger einen florierenden Backservice, der inzwischen viele Stammkunden hatte und den sie auch fortführen würde. Das Café sollte nur in den Sommermonaten bei gutem Wetter an den Sonntagnachmittagen öffnen.
Die drei !!! drapierten die Einmachgläser, die Franzis Schwester Chrissie mit Lavendel, Rosen und Wiesenschaumkraut bestückt hatte, auf den Tischen. Die Junisonne schien zwi-

schen den knorrigen Zweigen der Apfel-, Kirsch- und Pflaumenbäume hindurch und malte leuchtende Kringel auf die Tische.

»Perfekt«, stellte Marie fest.

Kim nickte. »Also, von mir aus kann's losgehen!«

Wie aufs Stichwort radelten die ersten Gäste auf den Hof. Das Bauernhaus der Winklers, in dem sich auch die Tierarztpraxis von Franzis Vater befand, lag etwas außerhalb, war aber mit dem Rad gut von der Stadt aus zu erreichen. Winklers hatten gehofft, dass heute, am Pfingstsonntag, viele Leute eine kleine Radtour unternehmen und dabei einen Abstecher zum neuen Café machen würden. Franzis Vater hatte extra einen Wegweiser mit der Aufschrift *Hofcafé Winkler, sonntags ab 14.00 Uhr geöffnet* an der Abzweigung von der Landstraße angebracht. Neben Kaffee und Kuchen sollte es ein buntes Eröffnungsprogramm mit Musik, Ponyreiten für die Kinder und einer kleinen Skate-Vorführung geben.

Franzi klatschte in die Hände. »Auf geht's, Mädels! Hiermit erkläre ich das *Hofcafé Winkler* offiziell für eröffnet!«

Die nächsten Stunden vergingen wie im Flug. Die Tische vor und im Gewächshaus waren im Nu besetzt, sodass Herr Winkler und Franzis Bruder Stefan die alten Bierzeltgarnituren aus dem Keller holen mussten, damit alle Gäste Platz fanden. Franzi, Marie und Kim halfen als Kellnerinnen aus. Sie liefen zwischen den Tischen hin und her, nahmen Bestellungen auf, servierten Kuchen, Kaffee, Tee und Limonade, kassierten ab und räumten schmutziges Geschirr weg.

Frau Winkler stand mit Chrissie hinter der Theke, beriet die

Kunden und verteilte Kuchenstücke auf die Teller. Es gab cremige Schoko-Zimt-Torte, saftigen Mascarpone-Apfelkuchen vom Blech, duftenden Marmorkuchen nach Oma Lottis Rezept, Erdbeerkuchen mit Vanillecreme und weißen Schokoraspeln, Zimtschnecken, Heidelbeer-Bananen-Muffins und Walnuss-Cookies.

»Die Schokoladentorte sieht superlecker aus.« Kim betrachtete sehnsüchtig das Tortenstück auf dem Teller, den Frau Winkler ihr gerade in die Hand gedrückt hatte. »Die würde ich am liebsten selbst essen.«

Franzi grinste. »Untersteh dich!«

Kim liebte Süßes und Kuchen über alles. Wenn der Detektivclub in einem kniffligen Fall ermittelte, stieg ihr Süßigkeiten-Konsum meist sprunghaft an, weil sie Zucker als Nervennahrung brauchte.

»Der Apfelkuchen ist alle!«, rief Frau Winkler und winkte Franzi zu. »Kannst du schnell ein neues Blech holen? Es steht zwischen der großen Dose mit den Zimtschnecken und den beiden Marmorkuchen in der Backstube.«

»Klar!« Franzi rannte durch den Obstgarten zum Haus. Die Backstube lag direkt neben der Küche. Franzi stürmte in den kleinen Raum und sah sich suchend um. Doch sie konnte weder ein Blech mit Apfelkuchen noch die Zimtschnecken-Dose oder einen Marmorkuchen entdecken. Geschweige denn zwei. Die Arbeitsfläche war ordentlich abgewischt und leer. Auch in der Küche stand kein Kuchen.

»Wo bleibst du denn?«, fragte Frau Winkler ungeduldig, als Franzi unverrichteter Dinge ins Gewächshaus zurückkehrte. »Die Gäste warten schon!«

»In der Backstube steht kein Kuchen«, sagte Franzi.
»Doch, natürlich!« Frau Winkler strich sich eine verschwitzte Haarsträhne aus der Stirn.
»Nein, da ist nichts mehr.«
»Bist du sicher? Was ist mit den beiden Marmorkuchen? Den Zimtschnecken und der Erdbeertorte?«
»Auch weg«, antwortete Franzi knapp.
Frau Winkler wurde blass und ließ sich auf einen Hocker fallen. »Unmöglich! Haben wir etwa schon alles verkauft? Das ist eine Katastrophe! Was soll ich denn den Leuten sagen? Wir können doch nicht alle wieder nach Hause schicken!« Ihre Gesichtsfarbe spielte jetzt leicht ins Grünliche.
Kim goss schnell etwas Leitungswasser in ein Glas und reichte es Frau Winkler. »Hier, trinken Sie einen Schluck. Und dann überlegen wir gemeinsam, was zu tun ist.«
Marie runzelte die Stirn. »Ich hab vorhin gesehen, wie Chrissie mit einer Erdbeertorte durch die Gegend gelaufen ist. Hat sie den restlichen Kuchen vielleicht woanders hingebracht?«
Frau Winkler setzte sich mit einem Ruck auf. »Natürlich! Jetzt fällt es mir wieder ein! Ich hatte Chrissie gebeten, den Kuchen in den Keller zu bringen, weil es dort kühler ist. Das hatte ich in der Aufregung völlig vergessen.« Sie trank das Wasserglas in einem Zug leer und erhob sich. »Du meine Güte, was für ein Schreck!«
Chrissie, die gerade eine kurze Pause gemacht hatte, kam zurück und band sich ihre Schürze um.
»Könntest du bitte ein Blech Apfelkuchen aus dem Keller holen?«, bat Frau Winkler ihre älteste Tochter. Sie wandte

sich an Kim, Franzi und Marie. »Und ihr drei macht jetzt Pause. Nehmt euch ein Stück Kuchen. Chrissie und Papa kümmern sich solange um die Gäste.«

Das brauchte sie nicht zweimal zu sagen. Fünf Minuten später saßen die drei !!! etwas abseits vom Gewimmel unter einem Apfelbaum im Gras und ließen sich Frau Winklers Kuchen schmecken.

»Himmlisch!« Kim verdrehte genießerisch die Augen, während sie ihre Schokoladentorte im Rekordtempo auffutterte.

Franzi knabberte zufrieden an einem Walnuss-Cookie. »Ich bin echt froh, dass das Café so gut ankommt. Mama hat sich unglaublich viel Mühe bei den Vorbereitungen gegeben. Es wäre schrecklich gewesen, wenn niemand gekommen wäre.«

»Das Café ist der absolute Hammer.« Marie trank einen Schluck von ihrer Holunderblütenlimonade und streckte sich auf dem Rasen aus. »Ich sag's euch, das wird in null Komma nichts der absolute Geheimtipp.«

Kim stellte ihren leeren Teller zur Seite und leckte sich die Schokoladenreste aus den Mundwinkeln. Dann schlüpfte sie aus ihren Sandalen und rieb sich die Zehen. »Mir tun vielleicht die Füße weh! So ein Job als Kellnerin ist ganz schön anstrengend.«

»Zum Glück sind ja jetzt Pfingstferien.« Marie verschränkte die Hände hinter dem Kopf und blickte träumerisch in die grünen Blätter des Apfelbaums. »Heute in einer Woche sind wir schon an der Nordsee. Könnt ihr euch das vorstellen?«

Kims Miene hellte sich auf. »Stimmt! Ich freu mich schon total auf die Reise.«

»Und ich erst!« Franzi zog die Haargummis von ihren kurzen

Zöpfen und schüttelte ihre roten Haare aus. »Echt nett von Tessa, dass sie uns mitnimmt.«
Marie grinste. »Aber auch nicht ganz uneigennützig. Allein wäre sie mit ihrem T-Shirt-Stand ziemlich überfordert, schätze ich.«
Maries Stiefmutter betrieb neben ihrer Arbeit als Kamerafrau ein kleines Mode-Label und verkaufte übers Internet selbst entworfene Kleidung aus Bio-Baumwolle. Ihre Sachen fanden reißenden Absatz, sodass sie mit der Produktion kaum noch nachkam. Nächstes Wochenende wollte sie ihre neue Kollektion bei einem mehrtägigen Drachenfestival auf der Nordsee-Insel Langedün präsentieren und hatte Marie, Franzi und Kim eingeladen, sie zu begleiten. Die drei !!! wollten Tessa an ihrem Stand unterstützen und ein paar entspannte Urlaubstage verbringen.
»Hältst du es denn eine ganze Woche ohne Blake aus?« Kim zwinkerte Franzi zu.
Franzi lächelte etwas verkrampft. »Klar!« Sie zögerte. »Ehrlich gesagt bin ich ganz froh, wenn ich mal wieder etwas für mich alleine machen kann.«
»Was meinst du damit?« Marie zog fragend die Augenbrauen hoch. »Habt ihr Stress?«
»Nicht direkt.« Franzi biss sich auf die Unterlippe. Sie wusste ja selbst nicht genau, wo das Problem lag. Seit sie mit Blake zusammen war, war alles rosarot gewesen und sie hatten total viel Zeit miteinander verbracht. Vielleicht zu viel? Inzwischen hatte Franzi immer öfter das Gefühl, dass ihr die Nähe zu Blake die Luft zum Atmen nahm.
»Da ist er ja! Wenn man vom Teufel spricht …« Kim winkte

Blake zu, der gerade zwischen den Obstbäumen hindurchfuhr. Er wich geschickt einer Baumwurzel aus und kam mit seinem Rollstuhl direkt vor den Mädchen zum Stehen.
»Hallo allerseits!« Lächelnd strich er seine dunklen Haare zurück. »Gibt's noch Kuchen oder habt ihr schon alles aufgefuttert?« Er nickte zu den leeren Tellern im Gras hinüber.
»Keine Sorge, wir haben dir ein klitzekleines Stück übrig gelassen.« Franzi erhob sich und begrüßte Blake mit einem Kuss.
Seit einem Reitunfall vor ein paar Jahren saß Blake im Rollstuhl. Die drei !!! hatten ihn vor einiger Zeit im Waldschwimmbad kennengelernt und Franzi hatte ihn gleich richtig nett gefunden. Er hatte einen super Humor und war sehr sportlich, genau wie Franzi. Sie gingen oft zusammen schwimmen oder skaten.
»Wann startet denn deine Skate-Vorführung?«, fragte Marie.
»Von mir aus jederzeit.« Blake stupste Franzi an. »Machst du mit?«
Franzi schüttelte den Kopf. »Nein, keine Lust. Außerdem muss ich gleich Tinka satteln, damit das Ponyreiten für die Kinder losgehen kann.«
»Schade«, sagte Blake bedauernd. Er zuckte mit den Schultern und grinste. »Dann muss ich die Bude wohl allein rocken.« Er setzte seinen Rollstuhl in Bewegung. »Bis später!«
Blake und Franzi hatten vor einer Weile an einem Chairskating-Workshop teilgenommen. Seitdem trainierte Blake regelmäßig im Skatepark und probierte immer waghalsigere Sprünge aus. Heute wollte er eine kleine Choreografie vorführen, die er extra für die Café-Eröffnung einstudiert hatte.

Blake rollte zu Stefan hinüber, der seine Musikanlage neben dem Gewächshaus aufgebaut hatte und sich als DJ betätigte. Gerade drang *Penny Lane* von den *Beatles* aus den Boxen, Frau Winklers Lieblingslied. Blake reichte Stefan eine CD-Hülle und die beiden redeten kurz miteinander. Franzis Bruder reckte den Daumen in die Höhe.

Franzi verdrehte die Augen. »Immer muss Blake im Mittelpunkt stehen. Manchmal nervt das echt.«

Kim runzelte die Stirn. »Ist das nicht etwas ungerecht von dir? Die Skate-Vorführung macht er doch, um deiner Mutter zu helfen.«

»Ja, schon.« Franzi überlegte, was genau sie ärgerte, konnte es aber nicht richtig in Worte fassen. Eigentlich war es ja gerade Blakes offene und fröhliche Art gewesen, in die sie sich verliebt hatte. Er ging auf die Leute zu, hatte keine Berührungsängste und immer einen lockeren Spruch auf den Lippen. Wo war das Problem? Sie seufzte. »Ach, ich weiß auch nicht. Ist ja auch egal. Ich hol jetzt Tinka von der Weide.« Sie drehte sich um und ging davon.

»Willst du dir Blakes Auftritt gar nicht ansehen?«, rief Marie ihr nach.

Franzi schüttelte den Kopf. Sie hatte keine Lust auf Blakes Show. Sie wollte jetzt einen Moment allein sein. Vielleicht würde der kleine Eisklumpen, der sich in ihrem Magen gebildet hatte, dann ja ganz von selbst wieder verschwinden. Hoffentlich!

Aber was, wenn nicht?

Reif für die Insel

»Wie soll ich das nur alles ins Auto kriegen? Das klappt nie!« Tessa raufte sich ihre kurzen, dunklen Haare und starrte verzweifelt auf die Kartons voller T-Shirts, die sich neben dem Wagen stapelten. Daneben standen zwei Koffer, eine Reisetasche und ein Rucksack.
»Das kriegen wir schon hin«, beruhigte Helmut Grevenbroich seine Frau. »Der Kombi hat ja zum Glück einen großen Kofferraum.«
Während Helmut und Tessa das Gepäck verstauten, kümmerten sich Franzi, Kim und Marie in der Küche der alten Villa um den Reiseproviant. Marie machte belegte Brote, Franzi schnitt Äpfel und Kim füllte Rhabarberschorle in eine große Trinkflasche.
»Ich hab übrigens eine Tüte Gummibärchen und zwei Tafeln Schokolade dabei«, informierte Kim ihre Freundinnen.
»Hätte mich auch gewundert, wenn du ganz ohne Süßigkeiten verreisen würdest.« Franzi grinste. »Meine Mutter hat uns selbst gebackene Zimtschnecken eingepackt.«
»Lecker!« Marie belegte eine Vollkornbrotscheibe mit Käse. »War sie eigentlich zufrieden mit der Café-Eröffnung am Sonntag?«
»Und wie!« Franzi legte die Apfelstücke in eine Plastikdose und schloss den Deckel. »Das Café war bis kurz vor sieben Uhr proppenvoll. Mama hat den gesamten Kuchen bis auf den letzten Krümel verkauft und eine Menge Lob von den Gästen bekommen. Abends war sie allerdings fix und fertig.«

»Kein Wunder.« Kim schraubte die Trinkflasche zu. »Ich hatte am nächsten Tag eine Blase am kleinen Zeh vom vielen Herumlaufen.« Sie lächelte. »Ich freu mich schon total darauf, auf Langedün stundenlang am Strand zu liegen und zu faulenzen.«
»Und ich bin gespannt auf das Drachenfestival«, sagte Franzi. »Ist bestimmt cool. Wusstet ihr übrigens, dass es eine Seehundstation auf der Insel gibt? Die muss ich mir unbedingt ansehen.« Franzi war sehr tierlieb und hatte einen besonderen Draht zu Lebewesen aller Art.
»Ich überlege, ob ich mich für einen Surfkurs anmelden soll.« Marie wickelte die Brote in Butterbrotpapier. »Da gibt's doch bestimmt ein paar süße Jungs …«
Franzi musste lachen. Typisch Marie! Sie flirtete für ihr Leben gern und hatte schon die Herzen vieler Jungs im Sturm erobert.
»Was ist denn mit Holger?«, erkundigte sich Kim vorsichtig. »Hat er sich noch mal gemeldet?«
Maries Miene verdüsterte sich. »Nein. Und das ist auch gut so. Holger ist für mich Vergangenheit, endgültig.«
Holger und Marie waren lange ein glückliches Paar gewesen, bis er sich in ein anderes Mädchen verliebt hatte. Marie war völlig fertig und tief verletzt gewesen. Vor einer Weile hatte Holger einen Rückeroberungsversuch gestartet, aber Marie hatte ihn abgewiesen. Sie vertraute Holger nicht mehr und konnte nicht glauben, dass es mit der anderen wirklich vorbei war.
Franzis Gedanken wanderten beinahe automatisch zu Blake. Seine Skate-Vorführung bei der Eröffnung des Hofcafés war

natürlich total gut angekommen. Die Leute hatten wie verrückt applaudiert, und als Franzi mit Tinka von der Weide gekommen war, hatte sie gesehen, wie ein kleines Mädchen Blake sogar um ein Autogramm bat. Er hatte lachend auf ihrem Arm unterschrieben und das Mädchen war stolz zu seinen Eltern gerannt. Franzi war von dem ganzen Theater so genervt gewesen, dass sie den restlichen Nachmittag nur noch das Nötigste mit Blake geredet hatte, bis er sich schließlich verwirrt und etwas beleidigt verabschiedet hatte.
Franzi spürte wieder den kleinen Eisklumpen in ihrem Magen. Er war leider nicht von selbst verschwunden. Wahrscheinlich war eine Woche an der Nordsee genau das Richtige, um ein bisschen Abstand zu bekommen und ihre Gefühle zu sortieren.
»Vielleicht ist es besser so«, sagte Kim.
Franzi sah überrascht auf, aber Kim meinte natürlich nicht sie und Blake, sondern Marie und Holger.
»Ja, vielleicht.« Maries Stimme zitterte leicht. Sie straffte die Schultern und packte den Proviant in eine große Stofftasche. »Ich hab jedenfalls nicht vor, mir davon die Laune verderben zu lassen. Das Leben geht schließlich weiter, oder?«
»Gute Einstellung.« Kim stopfte die Trinkflasche in die Tasche und wechselte das Thema. »Ich brauche übrigens noch eine Idee für meine nächste Reportage. Vielleicht finde ich ja auf der Insel ein spannendes Thema.«
Kim schrieb leidenschaftlich gerne Krimi-Kurzgeschichten und wollte später Autorin werden. Seit einiger Zeit besuchte sie einen Reportage-Workshop, der ihr großen Spaß machte. Franzi und Marie war allerdings nicht entgangen, dass sie

den Kursleiter Sebastian Husmeier mindestens genauso toll zu finden schien wie seine Reportagen, die regelmäßig in der *Neuen Zeitung* erschienen.

»Wie geht's denn deinem Sebastian so?«, erkundigte sich Franzi mit einem Augenzwinkern. »Vermisst du ihn schon?«

Kim lief rot an. »Quatsch! Warum sollte ich? Außerdem ist er nicht *mein* Sebastian.«

»Du erzählst in letzter Zeit jedenfalls ziemlich oft von ihm«, stellte Marie fest.

Kim zuckte mit den Schultern. Das Rot auf ihren Wangen vertiefte sich. »Na und? Er ist eben ein toller Journalist. Von ihm kann man richtig viel lernen.« Sie griff nach der Proviant-tüte. »Beeilung, Mädels! Sonst verpassen wir noch die Fähre.« Hastig verließ sie die Küche. Marie und Franzi wechselten einen vielsagenden Blick und folgten ihr.

Zehn Minuten später waren sie abfahrbereit. Der Kombi war bis unter die Decke vollgestopft mit Kisten und Gepäck.

»Gute Fahrt!« Herr Grevenbroich umarmte Tessa und Marie. »Viel Spaß auf der Insel.«

»Und dir viel Spaß beim Drehen.« Marie gab ihrem Vater einen Kuss auf die stoppelige Wange. Herr Grevenbroich war Schauspieler und spielte unter anderem den Kommissar Brockmeier in der Fernsehserie *Vorstadtwache*. In den nächsten zwei Wochen wurden neue Folgen gedreht, sodass ihr Vater die meiste Zeit im Filmstudio verbringen würde.

»Gib Finn einen Kuss von mir«, bat Tessa ihren Mann. Sie seufzte. »Ich vermisse ihn jetzt schon.«

Maries dreijähriger Bruder Finn blieb ebenfalls zu Hause. Er

machte beim Ferienprogramm des Waldkindergartens mit und befand sich ansonsten in der Obhut des finnischen Au-pair-Jungen Sami, der seit einigen Monaten bei Familie Grevenbroich lebte. Maries Stiefschwester Lina war schon gestern abgereist. Sie unternahm mit einer Freundin und deren Familie eine mehrtägige Kanutour auf der Weser.
Die drei !!! quetschten sich in das volle Auto. Tessa stieg ebenfalls ein und startete den Wagen. Hupend fuhr sie vom Vorplatz. Der Kies unter den Reifen knirschte und Herr Grevenbroich winkte, bis sie um die Kurve gebogen waren.
Franzi lehnte sich zufrieden zurück, während sie die vertrauten Straßen der Stadt hinter sich ließen und auf der Autobahn gen Norden fuhren. In ein paar Stunden würden sie an der Nordsee sein!

Detektivtagebuch von Kim Jülich
Freitag, 19:13 Uhr
Die drei !!! *haben Ferien! Wir befinden uns seit genau 46 Minuten auf der Insel Langedün. Hier ist es wunderschön und wir haben eine Menge vor, nur eins nicht: Verbrecher jagen! Erstens ist es hier so friedlich, dass in den letzten hundert Jahren wahrscheinlich nicht mal ein Teelöffel geklaut wurde, und zweitens brauchen auch Detektivinnen ab und zu Urlaub. Ich melde mich nach den Ferien wieder!*

Geheimes Tagebuch von Kim Jülich
Freitag, 19:21 Uhr
Lesen verboten! Wer es trotzdem tut, bekommt es mit dem Klabautermann zu tun. Oder mit Poseidon, dem Meeres-

gott. Der hat einen Dreizack, mit dem er unbefugten Mitlesern in den Po pikt. Also: Finger weg!!!

Endlich sind wir auf der Insel! Die Ferienwohnung, die Tessa gemietet hat, ist klein, aber fein. Franzi, Marie und ich schlafen zusammen in einem Zimmer, das andere Schlafzimmer hat Tessa. Außerdem gibt es noch ein Wohn-Esszimmer, eine kleine Küche und ein Bad. Aber das Beste ist: Die Wohnung liegt direkt am Strandübergang, zum Meer sind es nur wenige Meter! Franzi will gleich morgen früh in die Nordsee hüpfen. Brrr! Ich glaube, das ist mir zu kalt.

Gerade haben wir erst mal ausgepackt und uns eingerichtet. Gleich gehen wir essen. Tessa lädt uns ein, zur Feier unseres ersten Inselabends. Das finde ich supernett von ihr.

Was Sebastian wohl gerade macht? Beim letzten Workshop-Treffen hat er von einem geplanten Segeltörn mit Freunden erzählt. Ich vermisse ihn! Sein Lächeln, seine süßen Grübchen … hach …

Verdammt, ich muss mich zusammenreißen! Und ich darf nicht mehr so oft von Sebastian reden. Marie und Franzi werden schon misstrauisch. Heute haben sie mich damit aufgezogen, dass ich bestimmt schon Sehnsucht nach ihm habe. Ich hab natürlich alles abgestritten und ganz cool getan, dabei kann ich mir tatsächlich kaum vorstellen, ihn zwei Wochen nicht zu sehen. Aber das ist streng geheim! Marie und Franzi brauchen nichts davon zu wissen. Meine Gefühle für Sebastian gehen nur mich etwas an.

Tessa ruft, wir wollen los.

Ob Sebastian auch manchmal an mich denkt?

Seufz …

Am nächsten Morgen wurde Franzi von einem Sonnenstrahl geweckt, der sie an der Nase kitzelte. Im ersten Moment wusste sie nicht, wo sie war, aber dann fiel ihr alles wieder ein: Langedün, Ferien, Strand, Meer … Herrlich! Wohlig reckte sie sich unter der kuscheligen Decke. Sie hatte wie ein Stein geschlafen und fühlte sich fit und ausgeruht. Der Wecker neben ihrem Bett zeigte 6:31 Uhr. Genau die richtige Uhrzeit für ein erfrischendes Bad in der Nordsee!

Franzi sprang aus dem Bett, holte ihren Badeanzug aus dem Schrank und zog sich schnell um. Kim und Marie hatten sich noch nicht gerührt. Dabei war dieser wunderbare Morgen doch viel zu schön, um ihn zu verschlafen! Ein teuflisches Grinsen erschien auf Franzis Gesicht. Sie wusste, wie sie ihre Freundinnen im Handumdrehen wach bekommen würde. Sie öffnete weit das Fenster und kühle Morgenluft strömte herein. Dann stellte sie sich zwischen Maries und Kims Bett und zog beiden gleichzeitig mit einem Ruck die Decke weg.

»He, was soll das?«, schimpfte Marie und schlang die Arme um die Knie, während Kim den Kopf im Kissen vergrub und blind nach ihrer Decke tastete.

»Zeit zum Aufstehen!«, verkündete Franzi ungerührt.

»Wer sagt das?«, murmelte Kim verschlafen.

»Ich!« Franzi warf Kim und Marie ihre Badeanzüge zu. »Jetzt macht schon, sonst gehe ich ohne euch ins Wasser.«

»Ist das ein Versprechen?« Marie blinzelte zwischen ihren zerzausten Haaren hindurch.

»Quatschkopf!!« Franzi sprang auf Maries Bett und startete eine Kitzelattacke.

»Hör auf! Das ist unfair!«, quietschte Marie und bekam einen Lachkrampf.
»Wenigstens bist du jetzt endlich wach«, stellte Franzi zufrieden fest, als sie von ihrer Freundin abließ. »Kommt ihr jetzt mit zum Strand?«
Kim richtete sich stöhnend auf. »Es bleibt uns wohl nichts anderes übrig. Vorher gibst du sowieso keine Ruhe, stimmt's?«
Franzi nickte. »Du hast es erfasst!«

Zehn Minuten später liefen die drei !!! über den schmalen Sandweg durch die Dünen. Franzi atmete tief die salzige Luft ein. Rechts und links vom Weg raschelte der Strandhafer und über ihnen trillerte ein Austernfischer. Ansonsten war es ganz still. Der Weg stieg steil an und Franzis Füße versanken im weichen Sand. Als sie oben auf der Düne standen, breitete sich das Meer wie ein glitzernder Teppich vor ihnen aus. Darüber spannte sich der hellblaue Himmel, an dem keine einzige Wolke zu sehen war. Am Horizont schienen Meer und Himmel miteinander zu verschmelzen.
Marie seufzte. »Wunderschön!«
Franzi nickte. Eine Weile standen sie einfach nur da, betrachteten die Nordsee mit ihren glitzernden Schaumkronen und lauschten dem sanften Rauschen, das niemals verstummte. Der Strand war noch menschenleer. Eine Möwe hatte sich auf einem Strandkorb niedergelassen und putzte ihr silbergraues Gefieder.
»Wer zuerst im Wasser ist!« Franzi rannte los. Sie warf das Handtuch, das sie sich um die Hüften geschlungen hatte, in den Sand und watete ins seichte Wasser. Kleine Wellen um-

spielten ihre Knöchel und zwischen ihren Zehen quoll Schlick hervor. Sie machte einen flachen Hechtsprung und tauchte unter. Im ersten Moment verschlug ihr die Kälte den Atem und es prickelte am ganzen Körper. Prustend tauchte sie wieder auf und winkte ihren Freundinnen. »Kommt schon! Es ist herrlich!«

Marie und Kim waren Franzi etwas langsamer gefolgt. Kim streckte den großen Zeh ins Wasser und schrie auf. »Igitt, ist das kalt!«

»Das kommt dir nur im ersten Moment so vor. Am besten, du springst einfach rein.« Franzi drehte sich auf den Rücken und ließ sich treiben. Neben ihr glitt Marie ins Meer. Sie kraulte ein paar Züge, während Kim immer noch unschlüssig im Flachen stand.

»Was ist, traust du dich nicht?« Marie spritzte eine Ladung Wasser in Kims Richtung.

»Lass das, du Ekel!«, schimpfte Kim und spritzte zurück. Im Nu war eine heftige Wasserschlacht im Gange, nach der auch Kim klitschnass war. Sie ließ sich in die Nordsee fallen und die Freundinnen schwammen eine Runde, um warm zu werden. Nach einem kurzen Wettschwimmen, das Franzi für sich entschied, kehrten sie wieder an den Strand zurück.

»Wie wär's mit Frühstück?«, fragte Kim, als sie durch das seichte Wasser zu den Handtüchern watete. »Ich sterbe vor Hunger!«

Franzi wollte gerade antworten, als ein ohrenbetäubender Knall die morgendliche Stille durchschlug.

»Was war das?«, fragte Marie. Ihre Augen waren vor Schreck weit aufgerissen. »Hat da etwa jemand geschossen?«

Schock am Strand

»Seht mal, dort drüben!« Kim zeigte auf eine Gestalt, die in einiger Entfernung eilig über den Strand in Richtung Dünen marschierte.
Franzi kniff die Augen zusammen. Sie war sich nicht sicher, ob es ein Mann oder eine Frau war. Die Person trug dunkle Kleidung und Stiefel und schleppte etwas Schweres.
»Wer ist das?«, fragte Marie.
»Sieht jedenfalls nicht wie ein Badegast aus«, stellte Kim fest. »Was trägt der denn da?«
»Könnte eine Kiste sein«, sagte Franzi. »Oder eine Wanne. Und ist das ein Gewehr über seiner Schulter?«
Marie nickte. »Eindeutig. Verdammt, der kann hier doch nicht einfach so rumballern! Los, den schnappen wir uns!«
Die drei !!! rannten los. Franzis nackte Füße flogen über den Sand, aber die Person hatte zu viel Vorsprung. Als die Detektivinnen die Dünen erreichten, sahen sie gerade noch, wie ein grauer, ziemlich klapperiger Pritschenwagen vom Parkplatz raste und dabei eine Staubwolke hinterließ.
»Verdammt!«, schimpfte Franzi. »Konntet ihr das Kennzeichen lesen?«
Kim schüttelte den Kopf. »Keine Chance. Aber auf der Fahrerseite war ein roter Fisch.« Sie fröstelte in ihrem feuchten Badeanzug und verschränkte die Arme vor der Brust.
»Den hab ich auch gesehen«, bestätigte Marie.
Franzi ging zu der Stelle, wo der Schütze kurz nach dem Schuss gestanden hatte. »Seht euch das an!« Sie kniete sich

hin und betrachtete den großen, rostbraunen Fleck, der sich unregelmäßig im Sand ausgebreitet hatte.
»Ist das etwa … Blut?«, flüsterte Kim, die Franzi gefolgt war. Sie war so weiß wie ein Bettlaken.
Franzi nickte langsam. »Und nicht gerade wenig, wenn ihr mich fragt.«
Auch Marie war etwas blass um die Nase. »Das sieht nicht gut aus …«
Die drei !!! wechselten einen Blick. Franzi wusste, dass sie alle das Gleiche dachten: War hier etwa gerade ein Mord passiert? Franzi bekam eine Gänsehaut. Ihr war plötzlich kalt, und das lag nicht nur an den nassen Badesachen. Mit so etwas hatten sie bisher nichts zu tun gehabt, und wenn es nach ihr ging, konnte das auch gerne so bleiben.
»Was machen wir jetzt?«, fragte Marie schließlich.
Franzi erhob sich und versuchte, die lähmende Angst abzuschütteln. »Ermitteln, was sonst?« Sie atmete tief durch. »Hast du dein Handy dabei?«
Marie nickte. »In meiner Badetasche.«
»Hol es her, damit wir den Tatort fotografieren können. Kim und ich suchen solange nach Spuren.« Es tat gut, aktiv zu werden. Die Angst zog sich langsam zurück. Franzi stupste Kim an, die immer noch wie hypnotisiert auf die Blutlache starrte. »Los, du musst mir helfen.«
Kim nickte abwesend, rührte sich aber nicht vom Fleck. Franzi ließ sich auf alle viere nieder und begann, den Sandboden rund um den Tatort gründlich abzusuchen. Sie fand Muscheln, einen toten Krebs, vertrockneten Seetang, eine leere Plastikflasche und ein angeschwemmtes Stück Holz.

»Was ist das denn?« Franzi runzelte die Stirn und beugte sich noch tiefer über den Boden. »Schau mal, Kim, ein Fußabdruck!«
Endlich löste sich Kim aus ihrer Erstarrung. »Wo?«
Franzi deutete auf den Abdruck. Der Sand war an dieser Stelle etwas fester und man konnte das auffällige Profil gut erkennen. Es war ein Muster aus Kreisen und Streifen mit einem Stern in der Mitte. »Größe 41«, stellte sie fest.
Kim überlegte. »Der Abdruck könnte also von einer großen Frau oder einem zierlichen Mann stammen.«
Marie kehrte mit ihrer Badetasche und den Handtüchern zurück. Franzi schlang sich ihr Handtuch um die Hüfte, während Marie Fotos vom Tatort machte. Auch den Fußabdruck dokumentierte sie.
»Schade, dass wir keinen Gips zum Ausgießen dabeihaben«, sagte Kim.
»Es konnte ja niemand ahnen, dass wir hier in so einen krassen Fall verwickelt werden.« Franzi schauderte. »Das ist echt unheimlich!«
Schweigend machten sie sich auf den Rückweg. Der Schreck saß ihnen noch in den Gliedern und die idyllische Dünenlandschaft ließ Franzi diesmal kalt. Der Schuss hallte in ihrem Kopf wider und vor ihrem inneren Auge sah sie den rostroten Blutfleck.
Als die Mädchen die Ferienwohnung betraten, kam Tessa gerade aus der Küche. »Da seid ihr ja wieder!« Sie stutzte. »Was macht ihr denn für Gesichter? Ist was passiert?«
Marie schüttelte schnell den Kopf. »Wir sind nur etwas durchgefroren. Das Wasser war ganz schön kalt.«

Tessa grinste. »Kann ich mir vorstellen. Marsch, unter die Dusche mit euch. Ich war schon einkaufen und mache inzwischen Frühstück.«
Die heiße Dusche tat gut und weckte Franzis Lebensgeister. Während sie T-Shirt und Shorts überstreifte, knurrte ihr Magen so laut wie ein gereiztes Raubtier. Schnell fuhr sie sich mit der Bürste durch die feuchten Haare, die sich wie roter Seetang um ihr Gesicht kringelten, und ging ins Esszimmer. Tessa hatte bereits den Tisch gedeckt. Es gab knusprige Brötchen und Croissants, Sanddornmarmelade, Apfelgelee, Butterkäse und eine frisch aufgeschnittene Honigmelone.
»Lasst es euch schmecken!« Tessa schlüpfte in ihre Jeansjacke.
»Isst du nicht mit?«, fragte Franzi.
»Nein, ich hab mir gerade in der Küche ein Brötchen geschmiert.« Tessa griff nach dem Autoschlüssel. »Ich muss los, den Stand aufbauen. Um zehn Uhr wird das Drachenfestival eröffnet, bis dahin muss alles fertig sein.«
»Wir kommen nach, so schnell es geht, und helfen dir«, versprach Franzi.
»Prima, danke!« Tessa ging hinaus und kurze Zeit später schlug die Wohnungstür hinter ihr zu.
»Ist Tessa schon weg?«, fragte Kim, die gerade aus dem Bad kam. Sie trug verwaschene Jeans und ihr Lieblingsoberteil, eine halblange Tunika in Batik-Optik.
Franzi nickte. Sie ließ sich am Esstisch nieder und angelte sich nachdenklich ein Stück Honigmelone aus der Schüssel. »Hätten wir Tessa nicht besser erzählen sollen, was gerade am Strand passiert ist?«

Normalerweise hatten die drei !!! den Grundsatz, keine Außenstehenden in ihre Ermittlungen einzuweihen, aber wenn es hier tatsächlich um ein so schweres Verbrechen ging, war das natürlich etwas anderes.

Kim setzte sich ebenfalls. Sie dachte kurz nach, dann schüttelte sie den Kopf. »Nein, es ist zu früh. Wir wissen ja gar nicht, was wirklich passiert ist. Tessa würde sich nur Sorgen machen. Wenn wir mehr herausgefunden haben, können wir ihr immer noch alles erzählen. Oder direkt zur Polizei gehen.«

Franzi nahm sich noch ein Stück Honigmelone. »Guter Plan. Wo steckt eigentlich Marie? Ich hab Hunger!«

Kim grinste schief. »Sie ist im Bad und stylt sich. Das kann dauern. Lass uns schon mal anfangen.«

Als Marie endlich mit frisch geföhnten Haaren, glänzenden Lippen und in eine Wolke aus Maiglöckchenduft gehüllt aus dem Badezimmer kam, waren Kim und Franzi bereits beim zweiten Brötchen.

»Ihr hättet ruhig auf mich warten können«, bemerkte Marie spitz und wedelte mit den Händen in der Luft herum, damit ihr perlmuttfarbener Nagellack schneller trocknete.

»Bis du mit deinem Beautyprogramm fertig bist, wären wir längst verhungert«, nuschelte Kim mit vollem Mund. Sie schob Marie den Brotkorb hin. »Aber wir haben dir ein Brötchen und ein Croissant übrig gelassen.«

»Sehr großzügig.« Marie nahm Platz und griff mit spitzen Fingern nach dem Croissant. »Ich hab unter der Dusche über den Pritschenwagen nachgedacht. Vielleicht gehört der rote Fisch an der Fahrertür zu einem Firmen- oder Ge-

schäftslogo. Mit etwas Glück können wir so herausfinden, wer der Besitzer des Wagens ist.«
»Gute Idee!« Kim steckte sich den Rest ihres Brötchens in den Mund und leckte sich die Sanddornmarmelade von den Fingern. »Ich schau gleich mal nach, ob ich etwas finde.« Sie zog ihr Handy aus der Hosentasche und ging ins Internet. Eine Weile starrte sie konzentriert auf das Display, dann rief sie: »Bingo!«
»Was ist?« Franzi beugte sich zu ihr hinüber.
»Ich hab den Fisch gefunden!« Kim vergrößerte einen Bildausschnitt. »Der ist es doch, oder?« Sie hielt Marie das Display hin.
Marie nickte. »Eindeutig.«
»Der rote Fisch ist das Logo eines Fischgeschäfts hier auf der Insel.« Kim scrollte weiter nach unten. »*Fisch Kramer – Fisch und Meer*. Den Laden gibt es seit fünf Jahren. Die Adresse ist Strandstraße 4.«
»Gute Arbeit!«, freute sich Franzi. »Dort sollten wir uns unbedingt mal umsehen. Aber erst müssen wir Tessa helfen.« Sie warf einen Blick auf ihre Uhr. »Mist, so spät schon! Beeilung, Mädels, sonst geht das Drachenfestival ohne uns los!«

Eine Viertelstunde später radelten die Detektivinnen zur Drachenwiese hinter dem Deich. Zur Ferienwohnung gehörten praktischerweise auch vier Fahrräder, die die Mädchen mit Hilfe der Vermieterin Ingeborg Drews aus dem Keller geholt hatten. Auf Langedün gab es zwar Autoverkehr, aber es waren auch viele Pferde, Kutschen, Bollerwagen und Fahrräder unterwegs.

»Da vorne ist es!« Franzi zeigte auf ein langes Banner am Eingang der Wiese, auf dem in großen Buchstaben *8. Drachenfestival Langedün* stand.
Die drei !!! stellten ihre Fahrräder ab und sahen sich um. Es war schon eine Menge los, auf der Wiese wimmelte es von Menschen. Jongleure in bunten Kostümen wirbelten Bälle oder Keulen durch die Luft, es gab Kinderschminken und Trampolinspringen. An einigen Ständen wurden Getränke und Snacks angeboten, an anderen konnte man Souvenirs und Schmuck aus Muscheln kaufen.
Gerade begann die erste Drachenflugshow. Mehrere riesige Lenkdrachen aus buntem Stoff erhoben sich majestätisch in die Luft. Einige Drachen sahen aus wie Kraken, deren Beine sich in der leichten Brise bewegten, andere wie überdimensionale Eidechsen oder Feuersalamander. Es gab durch die Luft schwimmende Fische, Eulen, Katzen und sogar einen Pinguin!
»Wahnsinn!« Franzi legte den Kopf in den Nacken. »Ich wusste gar nicht, dass es so viele verschiedene Drachen gibt.«
»Sieht echt toll aus!« Kim schirmte die Augen mit einer Hand vor der Sonne ab, während sie nach oben sah.
»Da drüben ist Tessa!« Marie winkte ihrer Stiefmutter zu.
An Tessas Stand hatte sich bereits eine kleine Menschentraube gebildet. Die drei !!! gingen zu ihr hinüber. Auf einem langen Tisch hatte Tessa ihre T-Shirts drapiert. Sie erklärte gerade einer Kundin die Philosophie ihres Öko-Labels.
»Jedes Kleidungsstück wird aus hundert Prozent Bio-Baumwolle hergestellt und ökologisch produziert.«
»Was heißt das genau?«, erkundigte sich die Frau.

»Die Anbauflächen werden ohne künstlichen Dünger bewirtschaftet.« Tessa war jetzt voll in ihrem Element. »Es wird eine bestimmte Fruchtfolge eingehalten, damit der Boden nicht auslaugt, sondern seine Nährstoffe behält. Die Baumwollbauern bekommen einen angemessenen Lohn, genauso wie alle anderen Menschen in der Produktionskette. Das nennt man ›Fair Trade‹. Außerdem sind meine T-Shirts durch ein bestimmtes ökologisches Druckverfahren auch für Allergiker und Menschen mit empfindlicher Haut geeignet.«
»Klingt toll!« Die Kundin nahm ein T-Shirt und faltete es auseinander.
Marie stellte sich neben Tessa und lächelte der Dame zu. »Das würde Ihnen bestimmt gut stehen. Die Farbe passt prima zu Ihren Haaren.«
»Meinst du?« Die Frau lächelte zurück. »Okay, ich nehme es.« Sie bezahlte, steckte das T-Shirt ein und ging weiter.
Tessa machte ein zufriedenes Gesicht. »Das fängt doch gut an! Es ist gerade mal kurz nach zehn und ich hab schon das erste T-Shirt verkauft.« Schnell teilte sie die drei !!! ein. »Marie, du berätst die Kunden, Kim kassiert ab, faltet die T-Shirts und sorgt für Ordnung am Stand und Franzi spricht die Leute an und verteilt Flyer.« Sie zeigte auf einen Stapel Prospekte, in denen man nachlesen konnte, wie der faire Handel und die ökologische Produktion der T-Shirts funktionierten. »Alles klar?«
Die Mädchen nickten und machten sich an die Arbeit. In den nächsten beiden Stunden hatten sie alle Hände voll zu tun. Die T-Shirts fanden reißenden Absatz und Franzi verteilte jede Menge Flyer. Marie, die sich gut mit Mode und

Styling auskannte, suchte für jeden Kunden das passende Shirt heraus, während Kim dafür sorgte, dass kein Chaos am Stand herrschte. Tessa erklärte unermüdlich jedes Mal aufs Neue, was das Besondere an ihrem Öko-Label war.
Um kurz nach zwölf wurde es etwas ruhiger. Tessa nutzte die Zeit, um Nachschub aus dem Auto zu holen. Sie stellte die Kisten hinter dem Stand ab und wischte sich den Schweiß von der Stirn.
»Läuft doch super, oder?«, fragte Marie.
Tessa nickte. »Ihr könnt jetzt Mittagspause machen, wenn ihr wollt. Ich halte hier solange die Stellung. Esst etwas und ruht euch aus, das habt ihr euch verdient.«
Die drei !!! wechselten einen Blick. Eins war klar: Ausruhen würden sie sich garantiert nicht. Schließlich hatten sie einen Fall aufzuklären. Und die Ermittlungen hatten gerade erst begonnen!

Ausgeflippt

»Da vorne ist es!« Franzi bremste und sprang vom Rad. Die Strandstraße war die Hauptgeschäftsstraße des Ortes und dementsprechend belebt. Auf dem Bürgersteig flanierten Touristen an den Schaufenstern entlang, Kinder liefen hin und her und vor der Eisdiele hatte sich eine lange Schlange gebildet.
Die drei !!! interessierten sich jedoch weder für die zweiundzwanzig Eissorten der *Eisdiele Wattwurm* noch für die Auslagen der Geschäfte. Sie stellten ihre Fahrräder ab und gingen zum Fischladen, der schräg gegenüber lag. *Fisch Kramer – Fisch und Meer* stand in verschnörkelten Buchstaben auf dem Schild über der Tür. Und darunter etwas kleiner: *Inhaberin: Anja Kramer.* Daneben prangte der rote Fisch. Im Schaufenster lag ein riesiger Anker mit einer verrosteten Kette. Drumherum waren Sand, Muscheln und Seesterne dekoriert.
»Sieht hübsch aus.« Franzi warf einen Blick ins Innere. Vor der Theke standen ein Dutzend Kunden, die geduldig warteten, bis sie an der Reihe waren.
»Der Laden scheint ja gut zu laufen«, stellte Kim fest.
»Los, wir sehen uns ein bisschen um«, schlug Marie vor.
Die Detektivinnen gingen um die Ecke und betraten einen gepflasterten Hof. Neben der Hintertür parkte der graue Pritschenwagen mit dem roten Fisch auf der Fahrertür.
Franzi pfiff leise durch die Zähne. »Wer sagt's denn? Hier sind wir goldrichtig!« Mit wenigen Schritten war sie beim Wagen und kletterte auf die Ladefläche.

Kim sah sich nervös um. »Was machen wir, wenn jemand kommt?«
»Ach was, jetzt kommt keiner«, sagte Franzi. Trotzdem kribbelte es in ihrem Magen, als hätte sie zu viel Limonade getrunken, während sie sich auf der Ladefläche umsah. In einer Ecke lagen eine schwarze Abdeckplane und mehrere Seile auf einem unordentlichen Haufen. Daneben standen ein großer Weidenkorb mit geschlossenem Deckel und eine graue Plastikwanne. Sie war leer.
»Hast du was gefunden?«, fragte Kim.
»Nichts Besonderes.« Franzi griff nach der Abdeckplane und zog sie ein Stück hoch. Darunter kam ein Paar Gummistiefel zum Vorschein. Franzi nahm einen Stiefel und untersuchte die Sohle. »Seht mal!« Sie beugte sich über die Seitenwand des Pritschenwagens und hielt Marie und Kim den Stiefel hin.
»Größe 41«, stellte Kim fest, während Marie in ihrem Handy nach dem Foto des Fußabdrucks suchte.
Marie hielt das Display neben die Sohle. »Das gleiche Profil, eindeutig.« Sie gab Franzi den Stiefel zurück.
»Dann ist der Schütze vom Strand also tatsächlich mit diesem Transporter unterwegs gewesen«, kombinierte Kim. »Es muss jemand vom Fischladen sein.«
»Vielleicht diese Anja Kramer«, überlegte Franzi. »Die Geschäftsinhaberin.«
»Oder einer ihrer Angestellten.« Marie steckte das Handy weg. »Wir müssen herausfinden, wer alles mit dem Wagen fährt.«
Franzi wollte gerade von der Pritsche klettern, da fiel ihr ein

dunkler Fleck auf der Ladefläche auf. Sie ging in die Hocke und betrachtete ihn genauer. War das Öl? Nein, Ölflecken waren tiefschwarz, nicht rostbraun. Franzi wurde flau im Magen. »Hier sind Blutspuren!«

In diesem Moment schlug irgendwo eine Tür und es waren Stimmen zu hören. Franzi zuckte zusammen.

»Runter da!«, zischte Kim. »Wenn uns jemand entdeckt, sind wir geliefert.«

Franzi sprang von der Pritsche und die drei !!! verließen hastig den Hof. Franzi war froh, als sie wieder auf der belebten Strandstraße waren. Zwischen den vielen Passanten fühlte sie sich wesentlich wohler als auf dem stillen Hof. Die Detektivinnen gingen zum Kurplatz und setzten sich auf eine Bank. Auf dem kreisrunden Teich in der Mitte des Platzes ließen Kinder kleine Schiffchen fahren. Das klare Wasser glitzerte in der Sonne, als würden tausend Diamanten auf dem hellblau gekachelten Grund des Teiches liegen. Am anderen Ende des Platzes stand eine überdachte Bühne, auf der gerade das Kurorchester spielte. Alte und junge Inselbesucher saßen auf den Bänken vor der Bühne, lauschten der Musik, aßen Eis oder unterhielten sich.

Franzi hätte gerne einfach die sommerliche Stimmung genossen, aber daran war nicht zu denken. Erst mussten sie herausfinden, was hinter der beschaulichen Fassade der Insel vor sich ging. Sie holte tief Luft. »Glaubt ihr, auf der Pritsche wurde eine Leiche transportiert?« Die Frage klang in dieser friedlichen Umgebung völlig absurd.

»Möglich wäre es.« Marie kaute auf ihrer Unterlippe.

Kim schien tief in Gedanken versunken zu sein. Plötzlich

blickte sie auf. »Wir müssen zur Polizei gehen«, sagte sie entschlossen. »Das ist eine Nummer zu groß für uns.«
Franzi nickte langsam. »Du hast recht. Schade, dass Kommissar Peters hier nicht zuständig ist.«
Der Kommissar war ein guter Freund der Detektivinnen. Er wusste ihre Fähigkeiten zu schätzen, hielt ihnen allerdings auch oft vor, sich leichtfertig in Gefahr zu begeben. Nun, das würde ihnen bei diesem Fall nicht passieren.
»Es gibt bestimmt eine Polizeistation auf der Insel.« Marie zückte ihr Handy und suchte die Adresse heraus. »Kirchweg 3. Das ist nur ein paar Straßen weiter.«
Die Detektivinnen holten ihre Räder und fuhren los. Die Polizeistation war nicht schwer zu finden. Sie befand sich in einem kleinen, weiß getünchten Haus mit Sprossenfenstern direkt hinter der Kirche.
Die drei !!! betraten das Gebäude und gelangten durch einen schmalen Flur in ein geräumiges Büro mit zwei Schreibtischen. An den Wänden standen Regale voller Aktenordner, Bücher und Papierkram. Der eine Schreibtisch war aufgeräumt und leer. Hinter dem anderen saß ein etwa vierzigjähriger Mann mit kurzen dunklen Haaren. Er biss gerade herzhaft in ein Fischbrötchen.
»Entschuldigen Sie bitte die Störung«, sagte Kim höflich. »Wir möchten etwas melden.«
»Einen Moment«, nuschelte der Polizist. Er kaute zu Ende, legte das Fischbrötchen auf einen Teller und wischte sich die fettigen Finger an einer Papierserviette ab. Dann lächelte er den Mädchen freundlich zu. »Ich bin Polizeikommissar Günther Meinardus. Was kann ich für euch tun?«

»Wir sind Detektivinnen und haben heute früh am Strand etwas Seltsames beobachtet.« Marie zog eine silberne Dose aus ihrer Handtasche, nahm eine Visitenkarte heraus und reichte sie dem Polizisten.

»Ihr seid Detektivinnen?« Kommissar Meinardus überflog die Karte und legte sie vor sich auf den Schreibtisch. »Das ist ja interessant. Was habt ihr beobachtet?«
Kim erzählte so sachlich wie möglich von dem Schuss am Strand, dem Blut, dem Fußabdruck und ihren Ermittlungen, die sie zu *Fisch Kramer* und dem Pritschenwagen mit den Blutspuren auf der Ladefläche geführt hatten.
Der Kommissar nickte anerkennend. »Ihr seid wirklich nicht auf den Kopf gefallen.«
Marie lächelte. »Wir sind sogar ziemlich erfolgreich.«
»Sie müssen etwas unternehmen!«, drängte Franzi. Wie konnte dieser Polizist nach allem, was sie ihm gerade erzählt hatten, einfach seelenruhig sitzen bleiben? »Jemand hat am Strand geschossen! Alles spricht für Mord. Und als Täter kommt nur jemand von *Fisch Kramer* infrage.«

Kommissar Meinardus schüttelte schmunzelnd den Kopf. »Ihr habt gut beobachtet und logisch kombiniert. Aber ihr habt die falschen Schlüsse gezogen.«
»Wieso?«, fragte Franzi verdutzt.
»Es war vermutlich Anja Kramer, die ihr heute früh am Strand beobachtet habt«, bestätigte der Polizist. »Aber sie ist ganz sicher keine Mörderin.«
»Warum hat sie dann geschossen?«, wollte Marie wissen. »Und woher kam das viele Blut?«
»Anja Kramer ist Seehundjägerin«, erklärte der Kommissar. »Sie hat bestimmt nur einen Seehund getötet.«
Franzi glaubte, sich verhört zu haben. »Was heißt hier *nur*?« Empört stemmte sie die Hände in die Hüften. »Es ist ja wohl das Letzte, einfach unschuldige Seehunde abzuknallen!«
»Nun ja, ganz so einfach ist das nicht …«, begann der Kommissar, aber Franzi ließ ihn nicht ausreden. Vor Wut hätte sie am liebsten den Teller mit dem Fischbrötchen vom Tisch gefegt.
»Doch, ist es! Wir Menschen sollten das Leben der Tiere respektieren, statt mit ihnen umzuspringen, wie es uns gerade passt.« Franzi merkte, wie ihr die Tränen kamen. Jetzt bloß nicht heulen! Sie drehte sich auf dem Absatz um und stürmte aus der Polizeistation.
Draußen blieb sie auf dem Bürgersteig neben ihrem Fahrrad stehen und wischte sich ärgerlich über die Augen.
»Alles in Ordnung?« Kim legte ihr eine Hand auf die Schulter.
Franzi nickte. »Tut mir leid, dass ich ausgerastet bin. Aber wenn jemand so von Tieren spricht, könnte ich in die Luft gehen.«

»Der Kommissar hat ganz schön verdattert geguckt, als du ihm die Meinung gesagt hast.« Marie kicherte. »Habt ihr sein Gesicht gesehen?«
»Wie ein Huhn, wenn's donnert.« Kim gluckste.
Auch Franzi prustete los. Es tat gut, die angestaute Wut und Angst einfach wegzulachen. »So ein verrückter Tag!«, seufzte Kim schließlich, nachdem sie sich wieder beruhigt hatten. »Was wir heute erlebt haben, reicht für eine ganze Woche!«
»Es ist das Allerletzte, dass diese Anja Kramer Jagd auf Seehunde macht.« Franzi ballte die Fäuste.
»Sind Seehunde nicht geschützt?«, fragte Marie. »Ich dachte, man darf sie schon lange nicht mehr jagen.«
»Der Polizist schien jedenfalls nichts dagegen unternehmen zu wollen«, stellte Kim fest.
»Dann müssen wir uns eben darum kümmern!« Franzi überlegte kurz. »Was haltet ihr davon, wenn wir Frau Kramer beschatten? Sie darf nicht noch mehr Seehunde töten.«
Marie nickte. »Ich bin dabei. Aber vorher müssen wir zurück zum Drachenfest. Wir können Tessa nicht im Stich lassen.«
»Natürlich nicht.« Kim schwang sich auf ihr Fahrrad. »Erst helfen wir Tessa, dann kümmern wir uns um Anja Kramer.«
»Wie wär's mit einer Extraportion Power?« Franzi streckte den Arm aus. »Die könnte ich nach der ganzen Aufregung gut gebrauchen.«
Alle drei legten die Hände übereinander.
»Die drei !!!«, sagten Kim, Franzi und Marie im Chor.
Franzi sagte: »Eins!«, Marie »Zwei!« und Kim »Drei!«.
Zum Schluss hoben sie gleichzeitig die Hände und riefen: »Power!!!«

Seehund in Gefahr

Auch am Nachmittag war das Drachenfest gut besucht. Tessa und die drei !!! waren nun schon ein eingespieltes Team und die T-Shirts gingen weg wie warme Semmeln. Obwohl es Franzi großen Spaß machte, die Flyer zu verteilen und mit den Besuchern ins Gespräch zu kommen, schielte sie immer wieder auf die Uhr. Sie konnte es kaum erwarten, weiterzuermitteln. Was, wenn Anja Kramer in der Zwischenzeit zum Strand fuhr und noch mehr Seehunde tötete? Dieser Gedanke war einfach unerträglich. Endlich war es fünf und die drei !!! machten Feierabend.

»Am besten, wir fahren direkt zum Fischladen«, schlug Franzi vor, als sie auf ihre Fahrräder stiegen.

»Ich hab einen Bärenhunger«, sagte Kim. »Wie wär's, wenn wir uns Fischbrötchen holen?«

Franzi schüttelte ungläubig den Kopf. »Wie kannst du jetzt ans Essen denken?«

»Wieso?«, verteidigte sich Kim. »Ich hab schließlich seit heute Morgen nichts Richtiges mehr in den Magen bekommen.«

»Kim hat recht«, sagte Marie. »Wir brauchen Energie für die Ermittlungen. Außerdem ist das eine prima Tarnung. Während wir uns die Fischbrötchen kaufen, nehmen wir diese Anja Kramer und ihren Laden ein bisschen unter die Lupe.«

Erst jetzt merkte Franzi, dass sie ebenfalls Hunger hatte. Das Frühstück schien Ewigkeiten her zu sein. Sie zuckte mit den Schultern. »Okay. Dann mal los!«

Als Kim die Tür des Fischgeschäfts öffnete, ertönte ein helles Läuten. Es standen mehrere Kunden vor der gläsernen Theke und die drei !!! stellten sich hinten an. Während sie warteten, sah sich Franzi unauffällig um. Der Laden war nicht besonders groß, aber blitzsauber und liebevoll dekoriert. Unter der hellblau getünchten Decke hingen Fischernetze, in einer Ecke stand ein altes Steuerrad und neben der Kasse lagen ein paar besonders schöne Muscheln. Hinter der Theke befanden sich gut gekühlt zwischen Unmengen von Eiswürfeln zartrosa Lachsfilets, Matjes, Aale, geräucherter Hering, Krabben, Krebse, ein großer Hummer und kiloweise Austern. Außerdem gab es verschiedene Fischsalate und Dips.
Anja Kramer hatte alle Hände voll zu tun. Geduldig beriet sie einen Kunden nach dem anderen und hatte für jeden ein Lächeln. Eigentlich machte sie einen ganz sympathischen Eindruck. Sie war noch ziemlich jung und trug ihre blonden Haare zu einem lässigen Knoten aufgesteckt. Ihre Haut war leicht gebräunt, als wäre sie viel an der frischen Luft, und sie hatte eine Menge Sommersprossen auf der Nase.
»Was kann ich für euch tun?«, fragte sie freundlich, als die drei !!! an der Reihe waren.
»Drei Fischbrötchen, bitte«, sagte Kim.
»Matjes, Brathering oder Lachs?«
Kim entschied sich für Matjes, Franzi für Brathering und Marie nahm Lachs.
Anja Kramer lachte. »Die Geschmäcker sind eben verschieden, was?« Sie holte drei Brötchen aus einem Korb und schnitt sie auf. »Aber ich schätze, ihr seid trotzdem allerbeste Freundinnen, richtig?«

»Stimmt!« Marie blinzelte verdutzt. »Woher wissen Sie das?«
»Ihr wirkt sehr vertraut miteinander.« Anja Kramer belegte die Brötchen mit den verschiedenen Fischsorten. »Als würdet ihr euch schon lange kennen und hättet eine Menge zusammen erlebt.«
Die drei !!! wechselten einen überraschten Blick. Konnte die Ladenbesitzerin hellsehen?
Wieder ließ Anja Kramer ihr glockenhelles Lachen hören. »Keine Sorge, ich verfüge nicht über magische Fähigkeiten, sondern nur über eine gute Menschenkenntnis. In meinem Beruf habe ich viel mit Menschen zu tun, da entwickelt man irgendwann ein Gespür für solche Dinge.« Sie reichte den Mädchen die Fischbrötchen und drei Papierservietten. »Guten Appetit!«
»Danke.« Die Detektivinnen bezahlten, verabschiedeten sich und verließen den Laden.
Vor der Tür biss Kim in ihr Brötchen. »Superlecker!«
Auch Franzi und Marie ließen es sich schmecken.
»Das ist das beste Lachsbrötchen, das ich je gegessen habe«, stellte Marie fest.
»Diese Anja Kramer wirkte eigentlich ganz nett«, nuschelte Kim zwischen zwei Bissen.
»Finde ich auch«, sagte Franzi. »Trotzdem hat sie einen Seehund am Strand getötet.« Sie warf einen Blick in das Geschäft, in dem es allmählich ruhiger zuging. »Ob sie bald Feierabend macht?«
Marie zeigte auf das kleine Schild an der Tür. »Der Laden schließt um sechs. Wir sollten uns irgendwo verstecken, damit wir ihr folgen können, sobald sie herauskommt.«

Plötzlich fiel Franzi etwas ein. »Ich hab eine bessere Idee!« Ihre Augen funkelten aufgeregt. »Ich verstecke mich auf dem Pritschenwagen. Dann kann ich gleich eingreifen, falls sie wieder Jagd auf Seehunde macht.«
Kim runzelte die Stirn. »Ganz schön riskant. Was, wenn Anja Kramer dich entdeckt?«
»Sie wird mich nicht entdecken«, behauptete Franzi. »Außerdem fahrt ihr ja auf den Rädern hinterher und seid sofort zur Stelle, falls etwas schiefgeht.« Sie wusste selbst nicht, warum sie so hartnäckig auf ihrer Idee bestand. Kim hatte recht, es war wirklich riskant. Aber Franzi wollte unbedingt verhindern, dass noch mehr Seehunde in Gefahr gerieten. Um einem Tier zu helfen, war sie bereit, jedes Risiko einzugehen.
Kim sah Hilfe suchend zu Marie, doch die zuckte nur mit den Schultern. »Es ist Franzis Entscheidung.«
»Prima, dann ist die Sache beschlossen.« Franzi steckte sich den Rest ihres Fischbrötchens in den Mund und wischte sich die fettigen Finger an ihrer Jeans ab.
Marie klopfte ihr aufmunternd auf die Schulter. »Viel Glück!«
Kim nagte an ihrer Unterlippe. »Willst du das wirklich durchziehen?«
Franzi nickte. »Auf jeden Fall.« Sie winkte ihren Freundinnen zu. »Bis später!« Ehe Kim weitere Einwände vorbringen konnte, verschwand Franzi um die Hausecke.
Der Pritschenwagen stand immer noch neben der Hintertür, genau wie bei ihrem ersten Besuch. Franzi sah sich vorsichtig um, aber es war niemand zu sehen. Schnell huschte sie über den Hof und kletterte auf die Ladefläche. Sie überlegte kurz,

hob die schwarze Plane an und kroch darunter. Sie kauerte sich zusammen und zog die Plane über ihren Kopf. Jetzt konnte sie nur noch warten.
Die Sekunden zogen sich wie Käse auf einer Pizza. Durch den schmalen Spalt zwischen Plane und Ladefläche gelangte etwas frische Luft in das Versteck, trotzdem wurde es bald warm und stickig. Franzi begann zu schwitzen und versuchte, so flach wie möglich zu atmen. Es roch nach Plastik, Motoröl und Fisch. Hoffentlich war von außen nicht zu sehen, dass sie unter der Plane hockte! Nach einer Weile schlief ihr rechter Fuß ein, aber sie wagte nicht, ihre Position zu verändern. Was, wenn Anja Kramer genau in diesem Moment über den Hof kam und die Bewegung bemerkte? Dann wäre alles aus! Also wackelte Franzi nur vorsichtig mit den Zehen und lenkte sich ab, indem sie an Blake dachte. Was er wohl gerade machte? Plötzlich überkam sie die Sehnsucht wie eine haushohe Welle. Sie wäre jetzt so gern bei ihm, würde sein warmes Lachen hören, das verschmitzte Funkeln in seinen Augen sehen und seine Hand halten. Stattdessen kauerte sie auf einem fremden Transporter, verlor allmählich jedes Zeitgefühl und hatte taube Beine.
Als Franzi gerade zu dem Schluss kam, dass Kim recht gehabt hatte und die ganze Aktion völlig bescheuert war, hörte sie Schritte auf dem Hof. Die Schritte kamen näher und blieben neben dem Lieferwagen stehen. Franzi hielt den Atem an. Sie rechnete jeden Moment damit, entdeckt zu werden, aber nichts geschah. Die Tür des Wagens wurde geöffnet und jemand stieg ein. Kurze Zeit später sprang der Transporter an und fuhr knatternd los. Franzi spürte das Vi-

brieren des Motors im ganzen Körper. Sie rutschte ein Stück zur Seite, als der Wagen um die Kurve bog, und versuchte krampfhaft, sich irgendwo festzuhalten. Aber es gab keinen Halt. Franzis Herz klopfte wie verrückt. Wohin fuhren sie? Hatten Kim und Marie es geschafft, sich an ihre Fersen zu heften?

Nach weiteren endlosen Minuten wurde der Transporter schneller. Offenbar hatten sie den Ort hinter sich gelassen. Der Motorenlärm dröhnte in Franzis Ohren und sie wurde ordentlich durchgeschüttelt. Ihr wurde flau im Magen. Vorsichtig hob sie die Plane ein winziges Stückchen an und sog gierig die frische Luft ein. Wann waren sie endlich da?

Zum Glück fuhr der Wagen bald um eine letzte Kurve, rumpelte über einen holprigen Weg und kam zum Stehen. Franzi seufzte unhörbar. Geschafft! Der Fahrer stieg aus und warf die Tür hinter sich zu. Was, wenn Anja Kramer jetzt auf die Ladefläche stieg, um ihre Gummistiefel zu holen? Franzi spitzte die Ohren und atmete auf, als sie Schritte hörte, die sich rasch entfernten. Sie wartete noch eine Minute, lauschend, aber alles blieb still. Abgesehen vom Schrei einer Möwe und dem leisen Rauschen des Meeres war nichts zu hören. Unendlich langsam schob Franzi die Plane zurück, blinzelte ins Sonnenlicht und lugte vorsichtig über die Seitenwand des Pritschenwagens. Es dauerte eine Weile, bis sich ihre Augen an die Helligkeit gewöhnt hatten. Der Transporter stand auf einem Schotterparkplatz direkt am Strand. Sie mussten sich irgendwo am Ende der Insel befinden, denn es befand sich kein anderer Wagen auf dem Parkplatz. Anja Kramer hatte sich am Strand positioniert und

schaute durch ein Fernglas. Sie schien etwas Bestimmtes zu suchen. Sie trug einen Rucksack und über ihrer Schulter hing das Gewehr.
Franzi schluckte und blickte sich hastig nach Kim und Marie um. Wo steckten die beiden? Weit und breit war nichts von ihren Freundinnen zu sehen. Hatte Anja Kramer sie abgehängt? Franzi fluchte leise. So ein Mist! Bestimmt hatten sie dem Wagen nicht folgen können, als er außerhalb des Ortes schneller geworden war. Jetzt war sie ganz auf sich gestellt.
Anja Kramer ließ das Fernglas sinken und setzte sich in Bewegung. Sie ging direkt auf einen dunklen Punkt in einiger Entfernung zu. Ein Seehund! Franzi kam aus ihrem Versteck und sprang von der Pritsche. Ihr rechtes Bein war immer noch völlig gefühllos, sie knickte um und konnte einen Sturz gerade noch abfangen. Mit zusammengebissenen Zähnen massierte sie ihre Wade. Das Blut begann wieder zu fließen und es kribbelte unangenehm. Anja Kramer kam dem Seehund währenddessen immer näher. Aus irgendeinem Grund floh das Tier nicht, sondern blieb im Sand liegen. Es stieß nur ab und zu hohe, heulende Töne aus, die wie das Weinen eines Babys klangen. Franzis Herz zog sich vor Mitleid zusammen. Das arme Tier hatte bestimmt furchtbare Angst. Sie durfte auf keinen Fall zulassen, dass ihm etwas geschah!
Leicht humpelnd rannte Franzi los. Was machte Anja Kramer da? Griff sie etwa nach ihrem Gewehr?
Franzi vergaß alle Vorsicht. Sie legte beide Hände wie einen Trichter an den Mund und brüllte, ohne das Tempo zu drosseln: »HALT! Nicht schießen!«
Anja Kramer drehte sich überrascht um. Zu Franzis Erleich-

terung ließ sie das Gewehr, wo es war, und wartete, bis Franzi neben ihr stoppte.
»Was soll das?«, fragte sie scharf. »Was machst du hier?«
»Sie … dürfen … dem Seehund nichts tun«, keuchte Franzi.
»Das hatte ich auch nicht vor.«
»Nicht?« Jetzt war es Franzi, die ein überraschtes Gesicht machte. »Aber, ich dachte …« Ihr Blick wanderte zu dem Gewehr.
»Ich kann mir schon denken, was du dachtest.« Anja Kramer deutete auf den Seehund, der in ungefähr hundert Metern Entfernung im Sand lag und immer noch jämmerlich heulte. »Dieses Tier ist von seiner Mutter getrennt worden. Es ist ein sogenannter ›Heuler‹. Er versucht, durch lautes Rufen seine Mutter wiederzufinden.«
Franzi schluckte. »Der Arme …«
»Ein Tourist hat ihn entdeckt und in der Seehundstation Bescheid gesagt«, erklärte Anja Kramer. »Wenn die Mutter des Seehund-Babys nicht zurückkommt, hat es keine Chance. Es ist noch zu klein, um allein zu überleben.«
»Und was passiert dann mit ihm?« Franzis Stimme zitterte. Das Gewehr über Anja Kramers Schulter wirkte immer noch wie eine stumme Drohung.
»Ich bringe den Heuler zur Seehundstation. Dort wird er aufgezogen, bis er fit genug ist, um wieder in die Nordsee ausgewildert zu werden.«
»Jetzt verstehe ich gar nichts mehr!« Franzi schüttelte verwirrt den Kopf. »Sind Sie nun Seehundjägerin oder Seehundretterin?«
»Beides!« Anja Kramer lächelte. »Seehundjäger sind speziell

geschulte, ehrenamtliche Jagdaufseher, die an der Küste und auf den Inseln Seehunde beobachten und kranke oder verletzte Tiere sowie Heuler einfangen und zur Seehundstation bringen.«
»Aber wozu brauchen Sie dann das Gewehr?«, fragte Franzi. »Und woher kommt das Blut auf der Ladefläche Ihres Wagens?«
»Manchmal sind die Tiere leider so krank, dass sie keine Überlebenschance haben«, antwortete Anja Kramer. »Dann erlöse ich sie mit einem Gnadenschuss. Auch das gehört zu den Aufgaben eines Seehundjägers.«
Franzi bekam eine Gänsehaut. Das war ganz schön heftig! Ehe sie etwas erwidern konnte, hörte sie aufgeregte Stimmen hinter sich und fuhr herum.

Hilfe für den Heuler

Kim und Marie stürmten auf Franzi zu.
»Geht es dir gut?« Kim musterte sie besorgt.
»Alles in Ordnung.« Franzi war froh, ihre Freundinnen zu sehen. »Wo habt ihr gesteckt?«
»Wir waren nicht schnell genug«, erklärte Marie. »Bis zur hohen Düne konnten wir mithalten, dann habt ihr uns abgehängt.«
Franzi nickte. »Das hab ich mir schon gedacht.«
»Moment mal!« Anja Kramer runzelte die Stirn. »Ihr wart doch vorhin in meinem Laden, oder? Was wird hier eigentlich gespielt?«
Die drei !!! schwiegen betreten. Franzi entschied sich für die Wahrheit.
»Wir sind Detektivinnen.« Sie reichte der Seehundjägerin eine Visitenkarte. »Gestern früh haben wir zufällig beobachtet, wie Sie am Strand einen Seehund erschossen haben. Wir dachten, Sie machen illegal Jagd auf die Tiere, und wollten Ihnen das Handwerk legen.«
Anja Kramer studierte die Karte. Sie sah aus, als wüsste sie nicht, ob sie lachen oder schimpfen sollte. »Detektivinnen, na, so was! Das hab ich auch noch nicht erlebt …«
Schnell erzählte Franzi ihren Freundinnen, was sie gerade erfahren hatte.
»Ehrenamtliche Seehundjägerin?« Kim zog die Augenbrauen hoch. »Davon hab ich noch nie gehört. Darf ich bitte mal Ihren Dienstausweis sehen? Nur zur Sicherheit.«

»Natürlich.« Anja Kramer steckte die Visitenkarte ein und reichte Kim den Ausweis. »Ihr könnt mich übrigens ruhig duzen.«
Marie tippte währenddessen auf ihrem Smartphone. »Es stimmt! Hier auf der Seite der Seehundstation ist eine Anja Kramer als staatlich bestellte Seehundjägerin aufgeführt. Sie wurde vom Umweltministerium als Jagdaufseherin eingesetzt.«
»Ganz genau.« Anja nickte. »Es gibt etwa vierzig Seehundjäger an diesem Teil der Küste und auf den Inseln. In manchen Regionen heißen sie auch Wattenjagdaufseher. Man braucht einen Jagdaufseherschein und nimmt regelmäßig an Schulungen teil.«
»Tut mir leid, dass wir dich verdächtigt haben.« Kim gab ihr den Ausweis zurück.
Die Seehundjägerin winkte ab. »Kein Problem, da hab ich schon viel schlimmere Sachen gehört. Ich werde leider immer mal wieder für meine Tätigkeit angefeindet.«
»Tatsächlich?«, fragte Franzi interessiert. »Von wem denn?«
»Meistens von Touristen oder Tierschützern. Normalerweise reicht es, den Leuten zu erklären, was ich hier mache und warum. Aber vor zwei Jahren hat mich eine Touristin tatsächlich angezeigt, weil ich einem todkranken Seehund den Gnadenschuss gegeben habe.«
»Bist du verurteilt worden?«
Die Seehundjägerin schüttelte den Kopf. »Das Tier wurde seziert und es hat sich herausgestellt, dass meine Einschätzung richtig war. Der Seehund war stark unterernährt, geschwächt und verletzt. Er hätte nicht gerettet werden kön-

nen.« Sie seufzte. »Man macht sich nicht immer beliebt in meinem Job. In letzter Zeit hab ich sogar einige Droh-SMS bekommen.«

»Was?« Marie zog die Augenbrauen hoch. »Wer macht denn so was?«

»Wenn ich das wüsste! Die Nachrichten waren leider anonym.« Anja zog ihr Handy hervor. »*Lass die Seehunde leben! – Verschwinde von unserer Insel, du Mörderin! – Wenn du weiter Seehunde umbringst, kannst du was erleben!*« Sie ließ das Handy sinken. »Nett, was?«

Franzi sog scharf die Luft ein. »Das ist ja heftig!«

»Allerdings.« Die Seehundjägerin zuckte mit den Schultern. »Solange es bei leeren Drohungen bleibt, kann ich damit leben. So, und jetzt muss ich mich um den Heuler kümmern.«

»Dürfen wir zuschauen?«, fragte Franzi. »Ich hab noch nie einen echten Seehund gesehen.«

»Na gut, aber geht nicht zu nah ran«, sagte Anja. »Seehunde sind Raubtiere. Sie können sehr schnell und kräftig zubeißen. Darum sollte man einen Seehund auch niemals anfassen, wenn man ihn am Strand findet, und mindestens hundert Meter Abstand halten. Am besten, man informiert sofort die Polizei, die Seehundstation oder den örtlichen Seehundjäger. Der kümmert sich dann um alles Weitere.« Sie holte eine Gummischürze und Schutzhandschuhe aus ihrem Rucksack und zog beides an, bevor sie zu dem Heuler hinüberging.

Die drei !!! folgten ihr, blieben aber in sicherem Abstand stehen. Franzi beobachtete interessiert, wie Anja den Seehund-Welpen untersuchte.

»Ist der süß!«, sagte Marie.

Kim nickte. »Kaum zu glauben, dass der kleine Kerl ein echtes Raubtier ist.«
Auch Franzi hatte sich auf den ersten Blick in den Heuler verliebt. Er hatte hellgraues Fell mit dunklen Tupfen und große schwarze Knopfaugen. »Ob seine Mutter zurückkommt?«
Anja schüttelte den Kopf. »Nein, ich fürchte nicht. Sie ist schon zu lange weg. Der Kleine ist etwas unterernährt, scheint aber ansonsten gesund zu sein. Ich hole schnell den Transportkorb und bringe ihn in die Seehundstation.«
Sie ging zurück zum Parkplatz. Als sie mit dem großen Weidenkorb zurückkehrte, den Franzi auf der Ladefläche gesehen hatte, folgte ihr ein älterer Herr mit kurzem grauem Haar und einer Nickelbrille. Er redete heftig auf sie ein.
»Das geht nicht, Herr Jakobi, und das wissen Sie ganz genau!« Anja stellte den Korb ab. »Kranke Seehunde und Heuler müssen zur Seehundstation gebracht werden. Sie dürfen den Welpen nicht einfach mit nach Hause nehmen, um ihn dort aufzupäppeln. Wenn Sie das tun, machen Sie sich strafbar.«
»Von Ihnen lasse ich mir gar nichts sagen!« Herr Jakobi lief vor Ärger rot an. »Sie und Ihre Kollegen töten jeden Tag Robbenbabys ohne vorherige tierärztliche Untersuchung. Wer weiß, wie viele von den Tieren bei guter Pflege überlebt hätten!«
Anja verdrehte die Augen. »Ihr Engagement für den Tierschutz in allen Ehren, Herr Jakobi, aber jetzt lassen Sie mich bitte meine Arbeit machen. Ich brauche keinen Tierarzt, um festzustellen, ob ein Seehund überlebensfähig ist oder nicht.«

Der Mann brummte etwas Unverständliches, was alles andere als freundlich klang, und warf Anja einen wütenden Blick zu. »Sie werden noch von mir hören!« Immer noch vor sich hin schimpfend trat er den Rückzug an.

»Wer war das denn?«, fragte Franzi.

Anja strich sich eine Haarsträhne aus der Stirn. »Thomas Jakobi, der Vorsitzende des örtlichen Tierschutzvereins. Er kämpft schon seit Jahren dagegen, dass Seehundjäger kranke Tiere erschießen dürfen. Seiner Meinung nach sollte vorher immer ein Tierarzt hinzugezogen werden. Das ist in der Praxis allerdings nicht durchführbar und würde das Leiden der Tiere nur unnötig verlängern.«

»Und deshalb wollte er den Heuler mitnehmen?«

Anja lachte auf. Es klang nicht besonders fröhlich. »Er wollte ihn tatsächlich auf seinem Hof aufpäppeln. Dabei haben die Tiere in der Seehundstation die besten Bedingungen, um wieder fit zu werden und nach einigen Monaten ausgewildert zu werden.« Sie packte den Heuler am Schlafittchen, hob ihn in die Transportkiste und schloss den Deckel. »Könnt ihr mir mal tragen helfen?«

»Klar!« Franzi fasste sofort mit an. Gemeinsam schleppten sie die schwere Kiste zum Parkplatz und wuchteten sie auf die Ladefläche des Pritschenwagens.

»Dürfen wir mitkommen zur Seehundstation?«, fragte Franzi. »Ich würde so gerne sehen, was dort mit dem Heuler passiert.«

Anja warf Franzi einen prüfenden Blick zu. »Du interessierst dich sehr für Tiere, oder?«

Franzi nickte eifrig. »Mein Vater ist Tierarzt. Ich liebe Tiere,

ganz besonders mein Pony Tinka und mein hinkendes Huhn Polly.«
»Du hast ein hinkendes Huhn?« Die Seehundjägerin lachte. »Wie originell! Na gut, von mir aus könnt ihr mitkommen.«
»Super, danke!«, rief Franzi.
Auch Marie und Kim strahlten. Sie stiegen auf ihre Räder und düsten sofort los. Franzi fuhr im Transporter mit, dieses Mal allerdings nicht auf der Ladefläche, sondern auf dem Beifahrersitz.

Die Seehundstation bestand aus mehreren Gebäuden und lag am Ortsrand in der Nähe des Hafens. Anja Kramer fuhr am Haupteingang vorbei zu einem flachen Nebengebäude. Sofort kamen zwei Mitarbeiter heraus und wechselten einige Worte mit der Seehundjägerin, bevor sie die Kiste von der Ladefläche hoben und ins Haus trugen.
»Wo bringen sie den Heuler hin?«, fragte Franzi.
»Er wird jetzt erst mal gründlich untersucht«, erklärte Anja. »Dann kommt er zur Beobachtung in ein spezielles Quarantänebecken, damit er die anderen Tiere nicht ansteckt, falls er eine Krankheit hat.«
Sie warteten auf Kim und Marie, die kurz darauf im Eiltempo um die Ecke schossen. Gemeinsam gingen sie hinein. Anja führte sie durch einen schmalen Flur in die Eingangshalle. Dort kam ihnen ein schlaksiger junger Mann mit braunem Fransenhaarschnitt entgegen und begrüßte sie lächelnd.
»Hallo, Anja! Ich hab schon gehört, dass du da bist.« Er wollte der Seehundjägerin ein Küsschen auf die Wange geben, aber sie wich ihm aus.

»Das ist Lars«, stellte sie den Mann vor. »Lars Meinhoff. Er arbeitet hier. Die Mädchen haben mir mit dem Heuler geholfen. Sie wollen sich die Seehundstation anschauen. Kannst du sie vielleicht ein bisschen rumführen? Ich muss noch schnell was im Büro erledigen.«

»Klar!« Lars winkte den Mädchen zu. »Dann kommt mal mit. Ihr habt Glück, dass wir samstags länger geöffnet haben.« Er ging vor in ein Zimmer mit einer Glasscheibe, durch die man in einen weiß gekachelten Raum blicken konnte. »Hier könnt ihr zusehen, wie die Seehunde aus der Quarantänestation untersucht werden.« Eine junge Frau mit rotblondem Pferdeschwanz hob gerade ein Tier aus einem Transportkorb und legte es auf einen Metalltisch. »Das müsste der Heuler vom Strand sein«, sagte Lars. Ein Mann half der Mitarbeiterin, den Seehund festzuhalten. Beide trugen Gummihosen und Schutzhandschuhe. Die Frau winkte ihnen kurz zu, bevor sie sich über den Seehund beugte. »Das ist Clara, eine unserer Tierpflegerinnen«, fuhr Lars fort. »Sie sieht sich jetzt zusammen mit dem Tierarzt den Bauchnabel, das Fell und die Schleimhäute des Seehunds an. Das ganze Tier wird gründlich untersucht, Herz und Lunge werden abgehört und der Tierarzt überprüft, ob Wunden oder Verletzungen vorhanden sind. Außerdem wird der Heuler gewogen und bekommt etwas zu fressen. Danach darf er ins Quarantänebecken.«

»Was fressen Seehunde eigentlich?«, erkundigte sich Kim.

»Die ganz jungen Heuler bekommen eine spezielle Aufzuchtmilch durch einen Schlauch direkt in den Magen. Wenn sie etwas älter sind, kriegen sie Fischbrei und später fressen sie ganze Heringe und andere Fische. Seehunde sind sehr gute Jäger.«

»Es muss total spannend sein, in einer Seehundstation zu arbeiten.« Franzi ließ die Tierpflegerin nicht aus den Augen. »Kann man hier auch ein Praktikum machen?«

Lars nickte. »Dazu musst du allerdings mindestens achtzehn Jahre alt sein. Oder du absolvierst nach dem Schulabschluss ein freiwilliges ökologisches Jahr, so wie ich. Danach hab ich meine Ausbildung zum Bürokaufmann gemacht und jetzt arbeite ich hier in der Verwaltung. Allerdings nicht mehr lange.«

»Wieso?«, fragte Kim. »Wechselst du den Job?«

»Nein, ich mache eine Weltreise.« Lars lächelte. »Das war schon immer mein großer Traum. Ferne Länder sehen, neue Menschen kennenlernen …«

»Cool!«, sagte Marie. »Und woher kennst du Anja?«

»Wir haben uns hier in der Station getroffen. Sie kommt als Seehundjägerin ja öfter vorbei.« Lars fuhr sich durch seine fransigen Haare.

Franzi hatte nur mit halbem Ohr zugehört. Sie beobachtete gebannt, wie die kleine Robbe nach der Untersuchung zu einem Außenbecken gebracht wurde. Die Tierpflegerin reckte den Daumen in die Höhe und ließ das Tier ins Wasser gleiten.

»Der Heuler scheint okay zu sein«, sagte Lars. »Wenn nichts dazwischenkommt, kann er in ein paar Tagen zu seinen Artgenossen ins große Meerwasserbecken. Das Wasser kommt aus der Nordsee, damit die Seehunde möglichst natürliche Lebensbedingungen haben.«

»Hoffentlich überlebt der Kleine.« Franzi fiel es schwer, sich von dem Heuler zu verabschieden.
»Er hat gute Chancen«, versicherte Lars. »Wollt ihr noch die Ausstellung sehen? Dort könnt ihr eine Menge über die Heuleraufzucht und das Leben der Seehunde lernen.«
»Gerne!« Franzi warf dem Heuler einen letzten Blick zu und folgte den anderen in einen großen Raum mit Stellwänden und Informationstafeln an den Wänden.
Während die drei !!! durch die Ausstellung gingen, kam Anja Kramer zurück und unterhielt sich leise mit Lars. Franzi, die hinter einer Stellwand ganz in der Nähe stand, horchte auf, als der Ton zwischen den beiden plötzlich schärfer wurde.
»Es ist aus und vorbei, Lars, kapier das endlich!«, zischte Anja. »Wir haben uns vor über zwei Monaten getrennt.«
»Das weiß ich doch«, sagte Lars. »Trotzdem würde ich gern noch mal in Ruhe mit dir sprechen, bevor ich abreise. Wie wär's, wenn ich heute Abend bei dir vorbeikomme?«
»Nein! Ich hab keine Lust, alles noch mal aufzuwärmen. Woher hast du überhaupt das Geld für diese Weltreise? Bisher warst du doch ständig blank. Hast du im Lotto gewonnen?«
»Lenk nicht ab! Ich könnte auch morgen zu dir kommen. Soll ich eine Flasche Wein mitbringen?«
»Nein, verdammt!«, rief Anja so laut, dass mehrere Besucher aufblickten.
Franzi lugte um die Stellwand herum. Offenbar waren Anja und Lars mal ein Paar gewesen. Wer hätte das gedacht? Anja schien allerdings besser mit der Trennung klarzukommen als ihr Exfreund. Lars' Augen waren dunkel und er wirkte ziem-

lich verzweifelt. Er tat Franzi leid. Liebeskummer konnte die Hölle sein, das wusste sie selbst nur zu gut. Sofort wanderten ihre Gedanken zu Blake. Ob er noch sauer auf sie war? In den letzten Tagen vor ihrer Abreise hatte sie ihn ziemlich auf Abstand gehalten, ohne ihm zu erklären, weshalb. Wenn sie ehrlich war, war das nicht gerade fair gewesen. Ob sie ihn mal anrufen sollte? Aber was, wenn er keine Lust hatte, mit ihr zu sprechen? Franzi stieß einen tiefen Seufzer aus. Warum musste die Liebe eigentlich immer so kompliziert sein?

Es stinkt!

Der nächste Tag war ein Sonntag und auf dem Drachenfest herrschte Hochbetrieb. Das Wetter spielte auch mit und die unzähligen bunten Drachen, die am tiefblauen Himmel flatterten, waren ein wunderschöner Anblick.
Vormittags halfen die drei !!! Tessa am Stand, am Nachmittag hatten sie frei. Als sie über die Strandpromenade schlenderten und die warmen Sonnenstrahlen genossen, fiel ihnen eine kleine Menschenansammlung auf.
»Was ist denn da los?«, fragte Marie.
Mitten auf der Promenade standen ein paar Leute mit Transparenten und Plakaten. Sie sprachen die Passanten an und verteilten Flyer.
»Scheint eine Demonstration zu sein.« Franzi kniff die Augen zusammen. »Ist das nicht dieser Thomas Jakobi?«
Der grauhaarige Mann mit der Nickelbrille hatte ein Klemmbrett in der Hand, das er gerade einer Touristin hinhielt. Dabei redete er heftig auf sie ein.
»Das ist er. Sieht aus, als würden sie Unterschriften sammeln«, sagte Marie, während sie näher herangingen.
»Worum geht es denn hier?«, fragte Kim eine junge Frau, die Flyer verteilte.
»Wir sammeln Spenden und Unterschriften für den Tierschutz«, erklärte die Frau. »Wusstet ihr, dass an unseren Stränden täglich Robben erschossen werden?«
»Ja, aber doch nur, wenn sie krank sind und nicht mehr gerettet werden können«, erwiderte Franzi.

»Das kann aber nur ein Tierarzt entscheiden«, sagte die Frau. »Wenn ihr auch dagegen seid, dass Seehundjäger Heuler töten dürfen, könnt ihr hier unterschreiben. Wir wollen eine Petition ans Umweltministerium schicken.« Sie griff nach einem Klemmbrett und einem Kugelschreiber.

Franzi winkte ab. »Nein, danke.« Sie warf einen kurzen Blick auf die Liste. Es hatten schon eine Menge Leute unterzeichnet. Franzi fand die Argumente der Tierschützer ziemlich einseitig, aber das schienen viele Menschen anders zu sehen.

»Seht euch das an!« Marie deutete auf einen stämmigen Mann mit Glatze, der ein Plakat hochhielt. Darauf stand in roten Buchstaben: *Schluss mit dem Robben-Morden!*

»Das klingt ja fast wie die anonymen Nachrichten, die Anja bekommen hat«, sagte Kim leise.

Franzi nickte. Der stämmige Mann unterhielt sich gerade mit einer Urlauberin.

»Werden die Seehunde denn wirklich einfach erschossen?«, fragte die Frau verwundert.

Der Mann nickte. »Es passiert jeden Tag. Wir haben sogar eine Seehundjägerin hier auf der Insel. Hauptberuflich betreibt sie ein Fischgeschäft. Wenn Sie Seehunde mögen, sollten Sie besser nicht bei *Fisch Kramer* einkaufen.« Beim letzten Satz hatte er die Stimme gesenkt, doch Franzi hatte ihn trotzdem verstanden.

Sie schnappte empört nach Luft. »Das ist ja das Letzte! Der Kerl ruft zum Boykott von Anjas Laden auf!«

»Das geht eindeutig zu weit«, stellte Kim fest. »Am besten, wir sagen Anja sofort Bescheid. Sie sollte wissen, was hier läuft.«

»Finde ich auch.« Marie zog ihr Handy hervor und machte ein paar Fotos von der Demo. »Auf geht's, Mädels!«

Auch in der Strandstraße war eine Menge los. Die Läden hatten in der Hauptsaison sonntags einige Stunden geöffnet und viele Besucher nutzten das schöne Wetter für einen Schaufensterbummel. Als die Detektivinnen von den Rädern stiegen, stand Anja Kramer vor ihrem Laden und putzte die völlig verschmierte Schaufensterscheibe. Ein ausgesprochen unangenehmer, fauliger Geruch lag in der Luft.
Kim rümpfte die Nase. »Was ist denn hier passiert?«
Anja warf den Lappen in den Eimer und fuhr sich mit dem Handrücken über die Stirn. »Stellt euch vor, jemand hat Fischabfälle gegen die Scheibe geworfen.«
»Was?«, rief Franzi. »Wann?«
»Vor einer halben Stunde etwa. Ich hab gerade eine Kundin bedient, als es passierte.«
»Hast du den Täter erkannt?«, fragte Marie.
Anja schüttelte den Kopf. »Leider nicht. Es ging alles so schnell.« Sie atmete zitternd ein. »Erst diese fiesen Nachrichten auf meinem Handy und jetzt das. Langsam reicht es mir!«
»Kann ich verstehen.« Kim griff nach einem Besen, der an der Mauer lehnte. »Wir helfen dir beim Saubermachen.«
Anja lächelte schwach. »Danke, das ist lieb von euch.«
Franzi wrang den Lappen aus und wischte über die klebrige Scheibe. Es war kein guter Moment, um die Demo der Tierschützer anzusprechen. Anja schien ziemlich fertig mit den Nerven zu sein. Andererseits brachte es nichts, die Wahrheit von ihr fernzuhalten. Früher oder später würde sie es sowieso

erfahren. Franzi räusperte sich. »Übrigens waren wir gerade auf der Strandpromenade«, begann sie. »Da haben ein paar Leute vom Tierschutzverein demonstriert.«

»Thomas Jakobi und seine Mitstreiter, nehme ich an.« Anja nahm einen Schwamm und schrubbte mit grimmiger Miene den Fensterrahmen. »Haben sie wieder Unterschriften gegen das Robbentöten gesammelt?«

Kim nickte. »Sie wollen eine Petition beim Ministerium einreichen.«

»Von mir aus.« Anja zuckte mit den Schultern. »Thomas Jakobi organisiert mehrmals im Jahr solche Veranstaltungen. Natürlich nur in der Hauptsaison, wenn viele Touristen auf der Insel sind. Ich schätze, er nimmt dabei eine Menge Spenden ein.«

»Wusstest du, dass seine Leute auch dazu aufrufen, nicht mehr in deinem Laden einzukaufen?«, fragte Marie.

Anja zuckte zusammen. »Was? Nein, das ist neu!« Sie schüttelte den Kopf. »Ich hätte nicht gedacht, dass Thomas so weit geht.«

»Was, wenn er auch hinter den anonymen Nachrichten und dem Anschlag auf dein Schaufenster steckt?«, fragte Franzi.

»Ich weiß nicht …« Anja wiegte zweifelnd den Kopf.

»Vielleicht will er seinen Tierschutzverein durch die Kritik an den Seehundjägern und die öffentlichkeitswirksamen Aktionen bekannter machen«, überlegte Kim. »Auf diese Weise könnte er noch mehr Spendengelder einwerben.«

»Das ist eigentlich nicht seine Art«, erwiderte Anja. »Man kann über ihn sagen, was man will, aber Thomas ist Tierschützer mit Leib und Seele. Er versucht, die Menschen mit

Argumenten zu überzeugen, auch wenn sie manchmal etwas einseitig sind. Ich glaube nicht, dass er etwas Illegales tun würde.«

»Trotzdem hat er ein Motiv«, sagte Marie. »Allerdings kann er den Anschlag nicht selbst verübt haben, weil er zur Tatzeit ja auf der Demo war.«

»Was ist denn das?« Kim hockte auf dem Bürgersteig und beförderte den zusammengefegten Schmutz mit einem Handfeger auf ein Kehrblech. Sie tippte mit dem Zeigefinger in den Dreckhaufen und betrachtete einen winzigen glitzernden Gegenstand auf ihrer Fingerkuppe.

»Zeig mal her.« Marie beugte sich vor. »Na, so was, ein Nagelsticker!«

»Ein was?« Franzi machte ein ratloses Gesicht.

»Ein kleiner Sticker, den man sich auf den Fingernagel kleben kann«, erklärte Marie.

Franzi warf nun ebenfalls einen Blick auf den Sticker. Es war ein kleiner silberner Delfin. Sie kicherte. »Wer klebt sich denn einen Delfin auf den Fingernagel? So was Albernes!«

Marie zuckte mit den Schultern. »Warum nicht? Ich finde Nagelsticker ganz schick. Leider gehen sie meistens ziemlich schnell ab.«

Kim steckte den Sticker ein. »Für alle Fälle«, sagte sie, als sie Franzis fragenden Blick bemerkte. »Könnte doch ein Hinweis auf den Täter sein.«

»Apropos Täter«, kam Franzi zum eigentlichen Thema zurück. »Thomas Jakobi hat zwar ein Alibi, aber vielleicht hat er ja jemanden beauftragt. Wir sollten zu ihm fahren und ihn zur Rede stellen. Irgendetwas stinkt hier ganz gewaltig.«

Sie zog die Nase kraus. »Und damit meine ich nicht nur die Fischabfälle!«
Anja musste trotz allem lachen. »Sieht so aus, als würdet ihr den Fall übernehmen.«
»Natürlich übernehmen wir den Fall«, sagte Franzi.
»Keine Sorge, Anja!« Marie stemmte die Hände in die Hüften. »Wer auch immer versucht, dir das Leben schwer zu machen, wir werden ihn schnappen!«

Tierische Ermittlungen

Der Hof von Thomas Jakobi lag ein Stück außerhalb des Dorfes und war malerisch von Dünen umgeben. Die drei !!! waren sofort losgefahren, nachdem sie die Schweinerei vor dem Fischladen beseitigt und eine Kleinigkeit gegessen hatten. Anja Kramer hatte jedem Mädchen zum Dank für die Hilfe ein Fischbrötchen und eine Portion frisch gepulte Krabben spendiert.

»Hübsch hier«, stellte Kim fest, als sie ihr Rad an den von Heckenrosen überwucherten Zaun lehnte. Das alte Bauernhaus hatte ein Reetdach, das fast bis zum Boden reichte. Von den Fensterrahmen blätterte die Farbe ab, aber in dem kleinen Beet neben der grün gestrichenen Tür blühten bunte Sommerblumen. Neben dem Haus befanden sich mehrere Ställe und Schuppen, zwischen denen Hühner frei herumliefen, außerdem gab es eine große Scheune mit einem klapperigen Tor und eine umzäunte Wiese, auf der ein paar Schafe grasten.

»Ganz schön weitläufig, das Gelände.« Marie betrat den Hof. Ein Huhn ergriff laut gackernd die Flucht und in einem Zwinger neben der Scheune begannen zwei Hunde zu bellen.

»Jetzt weiß Thomas Jakobi zumindest, dass wir kommen«, stellte Franzi fest. Aber es tauchte niemand auf.

Auch als Marie an der Tür klingelte, geschah nichts. Sie zuckte mit den Achseln. »Keiner da.«

»Sollen wir uns ein bisschen umschauen?«, fragte Franzi.

Kim und Marie hatten nichts dagegen. Die Detektivinnen drehten eine Runde ums Haus.

»Seht mal, Kaninchen!« Kim zeigte auf ein großes Freigehege, das fast die gesamte Rasenfläche hinter dem Bauernhaus einnahm. Mehrere Kaninchen hoppelten darin herum.

Außerdem entdeckten die Mädchen eine Koppel mit einem Esel und mehreren Ponys sowie eine schattige Ecke voller Matschpfützen, in denen sich ein unglaublich dickes Schwein suhlte.

»Das ist ja ein richtiges Tierparadies hier«, sagte Kim. Ihr Blick wanderte zu einem Schutthaufen neben dem Pferdestall. Im hohen Gras lagen alte, teilweise zerbrochene Backsteine, ein verrosteter Pflug und andere Gerätschaften. »Auch wenn das Gelände etwas verwahrlost ist.«

Franzi stand am Koppelzaun und streichelte eins der Ponys. »Die Tiere wirken aber gepflegt und werden artgerecht gehalten, soweit ich das beurteilen kann. Thomas Jakobi scheint sich gut auszukennen.«

»So viele Tiere durchzufüttern, kostet doch bestimmt eine Menge Geld, oder?«, überlegte Marie. »Kein Wunder, dass er ständig auf Spendenfang ist.« Eine kleine, gescheckte Katze strich maunzend um ihre Beine. Marie bückte sich, um sie zu streicheln.

»Puh, wonach stinkt es hier denn so?« Kim rümpfte die Nase und blickte sich suchend um. Sie entdeckte einen Eimer neben dem Schuppen und sah hinein. »Fischabfälle!«, rief sie triumphierend. »Ein ganzer Eimer voll!«

»Womit Thomas Jakobi ab sofort unser Hauptverdächtiger ist«, stellte Marie fest.

Plötzlich ertönte eine Stimme hinter den Detektivinnen.
»Hallo! Kann ich euch helfen?«
Die Mädchen zuckten zusammen. Ein Mann war aus der Scheune getreten, ohne dass sie es bemerkt hatten. Aber es war nicht Thomas Jakobi. Er war wesentlich jünger, hatte kurze, rotblonde Haare und ein kantiges Gesicht. Unter seinem Shirt zeichneten sich breite Schultern und muskulöse Arme ab.
»Äh – tut uns leid, dass wir hier einfach so eingedrungen sind«, stammelte Kim. »Wir wollten eigentlich zu Thomas Jakobi.«
»Mein Vater ist gerade nicht da«, sagte der Mann. »Er müsste aber gleich wiederkommen. Ich bin Henning Jakobi.« Er reichte den Mädchen die Hand. »Ihr könnt euch gerne ein bisschen umsehen.«
»Danke!« Franzi, die schon befürchtet hatte, achtkantig vom Hof geworfen zu werden, lächelte erleichtert. Henning Jakobi schien wesentlich netter zu sein als sein Vater. »Sie haben ja wirklich eine Menge Tiere.«
»Mit der Zeit sind es immer mehr geworden.« Henning Jakobi fuhr sich lächelnd über seinen Dreitagebart. »Wir haben die meisten Tiere vor dem sicheren Tod gerettet.« Er zeigte auf den Esel. »Fritz zum Beispiel sollte zum Abdecker, genau wie Livia.« Er nickte zu einer alten Stute hinüber, die gerade an einem besonders saftigen Grasbüschel knabberte. »Die Hunde wurden wahrscheinlich von Feriengästen hier zurückgelassen. Und unsere Minka haben wir mit gebrochener Pfote auf der Straße gefunden. Ein Auto hatte sie angefahren und völlig verängstigt zurückgelassen.« Er kraulte

die gescheckte Katze, die zufrieden schnurrte. »Es hat lange gedauert, bis sie wieder Vertrauen zu Menschen gefasst hat.«
»Dann ist das hier also eine Art Tierheim?«, erkundigte sich Kim.
Henning Jakobi nickte. »Oder ein Gnadenhof für kranke, alte und ausgesetzte Tiere. Wir nehmen jedes Tier auf, das Hilfe braucht.«
»Kennen Sie Anja Kramer?«, fragte Franzi unvermittelt.
Henning Jakobi zögerte kurz, dann nickte er. »Klar. Hier auf der Insel kennt jeder jeden.«
»Auf ihren Laden wurde heute ein Anschlag verübt«, sagte Marie.
»Was?« Henning Jakobi wurde blass. »Das ist ja schrecklich! Ist ihr was passiert?«
Franzi schüttelte den Kopf. »Nein, es geht ihr den Umständen entsprechend gut.« Sie ließ Henning Jakobi nicht aus den Augen. Ihr Detektiv-Instinkt sagte ihr, dass er mehr wusste, als er zugab. Warum reagierte er so heftig auf die Nachricht? Was versuchte er vor ihnen zu verbergen?
Ehe sie nachhaken konnte, fuhr ein alter Geländewagen auf den Hof. Thomas Jakobi und ein anderer Mann stiegen aus. Franzi runzelte die Stirn. Irgendwo hatte sie den Mann schon mal gesehen. Aber wo?
Henning Jakobi hob die Hand zum Gruß. »Wir haben Besuch.«
Sein Vater kam auf die Mädchen zu. »Euch kenne ich doch!« Er überlegte kurz. »Jetzt weiß ich es wieder! Ihr wart gestern mit Anja Kramer am Strand, als sie den Heuler abgeholt hat.«

»Das stimmt.« Kim sah den Tierschützer scharf an. »Sie mögen Anja nicht besonders, oder?«
Thomas Jakobi zuckte mit den Schultern. »Was heißt hier mögen? Ich mag es nicht, dass sie Seehunde erschießt. Die Tiere haben schließlich nicht ohne Grund seit 1974 in Deutschland eine ganzjährige Schonzeit.«
Franzi beschloss, sich nicht auf eine Diskussion einzulassen. »Haben Sie deshalb jemanden beauftragt, einen Anschlag auf ihren Laden zu verüben?«
»Wie bitte?« Thomas Jakobi rückte seine Nickelbrille gerade. »Was soll das heißen? Wovon redest du?«
»Eine unbekannte Person hat stinkende Fischabfälle gegen Anja Kramers Schaufensterscheibe geworfen«, erklärte Franzi ruhig.
»Genau solche Fischabfälle wie diese hier.« Kim deutete auf den Eimer.
Thomas Jakobi schüttelte den Kopf. »Unsinn! Warum sollte ich so etwas tun?«
»Um sich an Anja zu rächen«, sagte Marie. »Oder um ihr einen Denkzettel zu verpassen.«
»Das ist ja lächerlich!« Der Tierschützer schnaubte empört. »Ich habe es nicht nötig, mit stinkendem Fisch zu werfen. Meine beste Waffe sind meine Argumente.«
»Ihre Argumente sind ziemlich einseitig«, stellte Franzi fest. »Kann es sein, dass Sie versuchen, durch die Seehund-Thematik möglichst viel Aufmerksamkeit zu bekommen, damit die Leute mehr Geld für Ihre Tiere spenden?«
»Ich verbitte mir solche Unterstellungen!«, polterte Thomas Jakobi. »Natürlich brauche ich jeden Cent für die Tiere, aber

das Geld ist ehrlich verdient. Die Leute spenden, weil sie uns und unsere Arbeit unterstützen wollen. Außerdem bieten wir Führungen und Ferienaktionen für Kinder auf dem Hof an. Damit kommen wir gerade so hin.« Er deutete auf den Eimer. »Und die Fischreste sind für die Katzen. Wir kriegen sie jede Woche gratis von Hein Heinrichsen.« Er nickte zu dem anderen Mann hinüber, der bisher geschwiegen hatte. »Er hat ein Fischgeschäft am Kurplatz.«

»Fangfrisch auf den Tisch, das ist unsere Spezialität.« Hein Heinrichsen streckte seinen beachtlichen Bauch raus. »Und zwar schon in der dritten Generation.«

»Sind Sie auch Mitglied im Tierschutzverein?«, fragte Marie.

»Allerdings.« Der Fischhändler fuhr sich über die Glatze.

Franzi sah ihn nachdenklich an. Woher kannte sie den Mann? Ihr Gehirn arbeitete auf Hochtouren, aber sie kam einfach nicht drauf.

»Ihr geht jetzt besser«, sagte Thomas Jakobi frostig. »Ich muss die Tiere versorgen.«

Die drei !!! beschlossen, den Rückzug anzutreten, und verabschiedeten sich.

»Glaubt ihr, er ist unschuldig?«, fragte Marie, als sie über den Hof zu ihren Fahrrädern gingen.

»Schwer zu sagen.« Kim suchte in ihrer Hosentasche nach dem Fahrradschlüssel. »Zumindest können wir ihm nichts nachweisen. Die Erklärung für die Fischabfälle im Eimer klingt plausibel.«

»Ich find's toll, dass er sich um kranke und alte Tiere kümmert«, sagte Franzi. Sie musste zugeben, dass ihr der Einsatz des Tierschützers imponierte, auch wenn er ziemlich un-

freundlich gewesen war. Vielleicht konnte er mit Tieren einfach besser umgehen als mit Menschen.
Marie seufzte. »Das heißt, wir sind keinen Schritt weitergekommen.«
»Ich weiß, was wir jetzt machen.« Kim grinste. »Wir fahren an den Strand und legen uns in die Sonne. Nach der vielen Arbeit in den letzten Tagen haben wir uns eine Pause verdient. Wir lassen uns ordentlich den Kopf freipusten und ermitteln morgen mit frischer Power weiter. Einverstanden?«
»Einverstanden!«, riefen Franzi und Marie im Chor.

Detektivtagebuch von Kim Jülich
Sonntag, 19:12 Uhr
Wir haben einen neuen Fall! Zum Glück geht es nicht um einen Mord, wie wir erst befürchtet hatten, sondern um einen Anschlag auf einen Fischladen. Die Besitzerin Anja Kramer bekommt in letzter Zeit außerdem sehr unangenehme anonyme Nachrichten. Jemand hat es auf sie abgesehen, vermutlich, weil sie als Seehundjägerin manchmal kranke Tiere töten muss.
Der Verdacht gegen den Tierschützer Thomas Jakobi hat sich (noch) nicht bestätigt. Er hat zwar ein Motiv, aber auch ein Alibi und wir haben keine Beweise gegen ihn.
Am Tatort hab ich einen Nagelsticker gefunden. Wenn der Täter ihn verloren hat, handelt es sich mit an Sicherheit grenzender Wahrscheinlichkeit um eine Frau. Aber vielleicht lag der Sticker auch schon tagelang vor dem Laden und hat gar nichts mit dem Anschlag zu tun.
Mist! Wir kommen nicht weiter. Morgen Vormittag helfen wir Tessa am T-Shirt-Stand. Danach sprechen wir noch mal mit

Anja Kramer. Wer will ihr schaden und warum? Das ist die große Frage …

<u>*Geheimes Tagebuch von Kim Jülich*</u>
<u>*Sonntag, 19:44 Uhr*</u>
Hat dir Poseidons Dreizack im Hintern nicht gereicht? Wenn du nicht sofort aufhörst zu lesen, verzaubert dich der Meeresgott in eine Flunder! Dann kannst du nur noch platt auf dem Meeresgrund liegen und dich im Sand vor Seehunden verstecken. Die haben Flundern nämlich zum Fressen gern. Viel Spaß dabei!!!
Heute haben wir uns einen freien Nachmittag am Strand gegönnt. Es war superschön! Wir haben uns gesonnt, gelesen, Kekse gefuttert, im Meer gebadet und gequatscht. Franzi hat erzählt, dass sie seit ein paar Tagen richtig Sehnsucht nach Blake hat. Außerdem hat sie ein schlechtes Gewissen, weil sie vor dem Urlaub nicht gerade nett zu ihm war. Marie und ich haben ihr geraten, ihn anzurufen und sich mit ihm auszusprechen. Jetzt hat sie sich gerade mit ihrem Handy auf die Terrasse verzogen. Hoffentlich versöhnen sich die beiden wieder!
Ich würde auch so gerne Sebastians Stimme hören … Ob ich ihn einfach anrufen soll? Aber unter welchem Vorwand? Mir fällt leider nichts Vernünftiges ein. Akute Sehnsucht? Unheilbares Herzklopfen? Hochgradig ansteckende Verliebtheit? Haha, sehr lustig, Kim!
Immerhin hab ich eine super Idee für eine neue Reportage. Titel: ›Kein leichter Job – Seehundjägerin auf Langedün‹. Klingt doch klasse, oder? Bin gespannt, was Sebastian dazu sagt!

Haltet den Dieb!

Die Glocke der kleinen Inselkirche schlug zwölfmal, als die drei !!! ihre Fahrräder vor Anja Kramers Laden abstellten. Den Vormittag hatten sie auf dem Drachenfest verbracht, das heute zu Ende ging. Tessa hatte noch einmal richtig gute Geschäfte gemacht.

»Wie ist eigentlich das Telefonat mit Blake gestern Abend gelaufen?«, erkundigte sich Marie. »Habt ihr euch ausgesprochen?«

Franzi nickte. »Wir haben alles geklärt.«

»Dann ist er also nicht mehr sauer auf dich?«, fragte Kim.

»Nein, er hat mir verziehen.« Franzi zog die Gummibänder um ihre roten Zöpfe fester. »Stellt euch vor, ihm ging es genauso wie mir! Er hätte auch gern wieder mehr Zeit für sich. Seit wir zusammen sind, hat er seine Freunde ziemlich vernachlässigt. Er hatte deswegen schon ein richtig schlechtes Gewissen. Wir haben vereinbart, in Zukunft öfter was getrennt zu machen und die gemeinsame Zeit dafür umso mehr zu genießen.«

»Sehr vernünftig.« Marie schloss ihr Fahrrad ab. »Freiraum ist total wichtig für eine Beziehung.«

Franzi strahlte über das ganze Gesicht. »Ich bin so froh, dass alles wieder in Ordnung ist zwischen uns.« Das Glück brodelte in ihrem Bauch wie kochendes Wasser, das den kleinen Eisklumpen in ihrem Magen einfach weggeschmolzen hatte. Am liebsten hätte sie die ganze Welt umarmt, aber sie begnügte sich vorerst mit ihren Freundinnen und fiel erst Kim,

dann Marie um den Hals. »Euer Rat gestern war super. Ich weiß nicht, ob ich mich sonst getraut hätte, Blake anzurufen.«
»Gern geschehen«, sagte Kim.
Marie grinste. »Dazu sind Freundinnen doch da.«
Die drei !!! betraten den Laden und die kleine Glocke über der Tür bimmelte zur Begrüßung. Sie waren die einzigen Kunden.
»Hallo, ihr drei!« Anja Kramer lächelte ihnen zu, aber sie wirkte nicht besonders fröhlich. Unter ihren Augen lagen dunkle Ringe und sie war blasser als sonst. Ihre Sommersprossen hoben sich dunkel von der Haut ab.
»Alles in Ordnung?«, fragte Franzi.
Die Seehundjägerin nickte. »Ich bin nur ziemlich müde. Die Nacht war nicht gerade ruhig. Ein paar Mal bin ich von einer anonymen SMS aus dem Schlaf gerissen worden, bis ich das Handy schließlich ausgeschaltet habe. Aber dann konnte ich nicht mehr einschlafen und hab ewig wach gelegen.«
»Was stand denn in den Nachrichten?«, erkundigte sich Kim.
Anja winkte ab. »Das Übliche. Wer auch immer sie schreibt, ist nicht besonders kreativ.«
»Darüber wollten wir gerade mit dir sprechen«, sagte Kim. »Wer könnte dir noch schaden wollen, abgesehen von den Tierschützern? Hast du irgendwelche Feinde? Menschen, die eine Rechnung mit dir offen haben oder denen du in die Quere gekommen bist?«
Die Ladenbesitzerin seufzte. »Ich hab mir auch schon das Hirn zermartert, doch mir fällt einfach niemand ein.«

Plötzlich polterte es über dem Laden. Alle blickten gleichzeitig zur Decke.

»Was war das?«, fragte Franzi.

Anja Kramer runzelte die Stirn. »Keine Ahnung. Klingt, als wäre etwas umgefallen. Im ersten Stock liegt meine Wohnung, aber dort ist niemand.«

»Seltsam …«, murmelte Kim. »Wir sollten lieber raufgehen und nach dem Rechten sehen.«

»Ihr glaubt doch nicht etwa, dass da oben ein Einbrecher rumschleicht, oder?« Anja lachte auf. »Das ist völlig absurd! Hier auf der Insel tendiert die Kriminalitätsrate gegen null. Ab und zu verschwindet mal ein Fahrrad, aber das wird meistens ein paar Tage später irgendwo wiedergefunden.«

»Lass uns trotzdem nachschauen«, beharrte Marie. »Nur zur Sicherheit.«

»Okay, wenn ihr meint.« Anja ging zur Ladentür und drehte das Türschild von *Geöffnet* auf *Bin gleich wieder da*. Sie führte die Detektivinnen durch einen Lagerraum und einen gefliesten Flur ins Treppenhaus.

Franzi nahm immer zwei Stufen auf einmal. Was, wenn wirklich ein Einbrecher in der Wohnung war? Zum Glück waren sie zu viert …

»Es ist bestimmt nur falscher Alarm.« Anja öffnete die Wohnungstür. »Seht ihr? Niemand da!« Sie ging durch den Eingangsbereich in Richtung Wohnzimmer. »Ich hab euch ja gesagt, dass … Huch!« Sie blieb wie angewurzelt stehen.

Franzi war mit einem Schritt neben ihr. Im Wohnzimmer stand eine hochgewachsene, schwarz gekleidete Gestalt neben dem Bücherregal. Sie trug eine Wollmütze mit Sehschlitzen über dem Kopf, sodass ihr Gesicht verborgen war. Aber von Größe und Körperbau her handelte es sich eindeutig um einen Mann, wie Franzi mit einem einzigen Blick feststellte. Auf dem Boden lagen überall Bücher herum, es sah total chaotisch aus.

»Was … was soll das?«, stammelte Anja. »Was machen Sie in meiner Wohnung?«

Der Mann war vor Schreck so starr wie eine Eisskulptur. Jeder Muskel seines Körpers war angespannt.

»Ich rufe jetzt die Polizei.« Kim zückte ihr Handy.

Aber ehe sie einen Notruf absetzen konnte, kam Leben in den Unbekannten. Mit einem Satz war er an der Wohnzimmertür, schubste Anja zur Seite und floh aus der Wohnung.

»Halt! Stehen bleiben!«, rief Marie.

Franzi zögerte keine Sekunde. Sie rannte sofort los. Im Treppenhaus warf sie einen Blick über das Geländer. Der Einbrecher war schon fast unten. Franzi flog förmlich die Treppe hinab. Die letzten Stufen nahm sie mit einem gewagten Sprung. Ihre Turnschuhe federten die Landung ab, aber sie ging trotzdem in die Knie und wäre fast hingefallen. Weiter! Sie riss die Haustür auf und stürzte auf die Straße. Hastig sah sie sich um. Die schwarz gekleidete Gestalt rannte über den Bürgersteig und rempelte ein paar Touristen an, die verärgert den Kopf schüttelten. Franzi nahm die Verfolgung auf. Geschickt wich sie den Passanten aus. Ihre Turnschuhe trommelten über den Boden. Sie holte auf. Der Unbekannte wurde gerade fast von einem Kleinkind auf einem Laufrad gerammt. Im letzten Moment stoppte er, was ihn wertvolle Sekunden kostete. Das Kind starrte den Vermummten mit

offenem Mund an und begann wie am Spieß zu schreien. Der Mann blickte sich nervös um und lief weiter.
»Stopp! Haltet den Dieb«, brüllte Franzi. Aber niemand reagierte. Die Leute wichen zur Seite und beobachteten gebannt die Verfolgungsjagd. Ein Mann zückte sogar sein Handy und schoss ein paar Fotos. Doch keiner stellte sich dem Einbrecher in den Weg. »Idioten!«, zischte Franzi. »Alles muss man selber machen …«
Sie mobilisierte sämtliche Kräfte und legte einen olympiareifen Spurt hin. Wieder einmal zahlte sich aus, dass sie regelmäßig Sport machte und eine gute Kondition hatte. Der Täter war jetzt direkt vor ihr. Sie streckte den Arm aus und griff nach seinem schwarzen Wollpullover, der eigentlich viel zu warm für das sonnige Juniwetter war. Der Pullover rutschte ein Stück nach oben und ein kleines Tattoo blitzte am Rücken des Mannes auf. Es war ein Vogel mit weit ausgebreiteten Schwingen, der sich gerade in die Luft erhob. Der Unbekannte stolperte und Franzis Finger krallten sich in den groben Stoff des Pullovers. Doch plötzlich machte der Mann eine Drehung und verpasste Franzi einen Stoß mit dem Ellbogen. Sie taumelte und ging zu Boden, wobei sie sich geschickt abrollte. Aber bis sie sich wieder aufgerappelt hatte, war der Kerl über alle Berge.
»Verdammt!«, keuchte Franzi und stützte sich mit beiden Händen auf den Oberschenkeln ab, um wieder zu Atem zu kommen.
»Alles in Ordnung?« Marie und Kim kamen angerannt.
»Hast du dich verletzt?«, fragte Kim besorgt.
Franzi schüttelte den Kopf. »Nur ein paar blaue Flecken,

nichts Dramatisches. Und meine Jeans ist hinüber.« Sie deutete auf ihre Hose, in der auf Kniehöhe ein großes Loch klaffte. »Dieser Mistkerl ist mir glatt entwischt, dabei hatte ich ihn schon am Wickel!«

»Den kriegen wir noch«, beruhigte sie Marie.

Kim grinste. »Dein Sturz war jedenfalls echt filmreif. Du könntest Stuntfrau werden!«

»Danke!« Franzi klopfte sich den Dreck von der Jeans. »Das richtige Fallen lernt man beim Skaten ganz automatisch.«

Die Detektivinnen kehrten in Anja Kramers Wohnung zurück. Die Seehundjägerin stand mit hängenden Armen im Wohnzimmer und schien immer noch nicht glauben zu können, was gerade passiert war.

»Ein Einbrecher in meiner Wohnung! Hier auf der Insel!« Sie fuhr sich mit allen zehn Fingern durch die halblangen Haare. »Das darf einfach nicht wahr sein!«

»Verbrechen geschehen leider überall«, sagte Marie. »Auch an Orten, an denen man es nicht erwartet.«

»Ist denn etwas gestohlen worden?«, fragte Kim.

»Ich glaube nicht. Mein Laptop ist noch da, der Fotoapparat ebenfalls. Wertvollen Schmuck besitze ich nicht und das Haushaltsgeld liegt unangetastet in der Küchenschublade.«

»Merkwürdig.« Franzi runzelte die Stirn. »Warum bricht der Typ hier ein, wenn er nichts klauen will?«

»Vielleicht haben wir ihn rechtzeitig gestört«, vermutete Kim.

»Immerhin hatte er genug Zeit, um das Bücherregal auszuräumen.« Marie deutete auf die am Boden liegenden Bücher.

»Nein, das war ich.« Anja ließ sich in einen Sessel fallen. »Ich will mein altes Bücherregal verkaufen, darum hab ich in den letzten Tagen angefangen, ein bisschen auszusortieren.«

»Wir sollten nach Spuren suchen«, schlug Franzi vor. »Ich übernehme den Flur.«

Während Marie und Kim das Wohnzimmer unter die Lupe nahmen, kroch Franzi auf allen vieren durch den Eingangsbereich. Sie kontrollierte jeden Quadratzentimeter des hellen Laminatbodens, ohne Erfolg.

»Nichts!«, stellte sie fest, als sie ins Wohnzimmer zurückkehrte. »Kein Schuhabdruck, kein Haar, nicht mal eine Staubfluse!«

»Ich hab gestern erst gewischt«, sagte Anja beinahe entschuldigend.

»Wir hatten auch kein Glück«, berichtete Kim.

»Ich frag mich, wie der Täter reingekommen ist«, überlegte Franzi. »An der Wohnungstür gibt es keine Einbruchsspuren.«

»Heißt das, er hatte einen Schlüssel?«, fragte Marie.

Anja räusperte sich. »Äh … ehrlich gesagt war die Tür gar nicht abgeschlossen.«

»WAS?« Die Detektivinnen starrten sie ungläubig an.

»Ich schließe nie ab«, erklärte Anja, als wäre das völlig selbstverständlich. »Das macht niemand hier auf der Insel. Wie ich schon sagte, normalerweise ist Langedün der sicherste Ort der Welt.«

»Verrückt!« Franzi kratzte sich etwas verwirrt am Kopf. »Das heißt, der Einbrecher konnte einfach so hereinspazieren.«

»Mir fällt gerade etwas ein.« Anja setzte sich mit einem Ruck auf. »Gestern Abend hat so ein Typ im Hof herumgelungert, als ich nach Hause gekommen bin. Ich war im Kino und es war schon ziemlich spät.«

»Was für ein Typ?«, fragte Marie.

»Keine Ahnung. Er ist sofort abgehauen, als ich ihn angesprochen habe. Es war dunkel, darum konnte ich ihn nicht erkennen.«

»Vielleicht war das der Einbrecher, der das Haus ausgekundschaftet hat«, vermutete Franzi.

»Möglich wäre es.« Anja nickte. »Jedenfalls hab ich einen ordentlichen Schreck bekommen. Das war echt unheimlich.«

Kim sah sie nachdenklich an. »Du musst Anzeige erstatten. Das wird langsam eine Nummer zu groß für uns.«

Anja überlegte kurz, dann schüttelte sie den Kopf. »Nein, keine Anzeige. Hier auf der Insel regeln wir solche Dinge lieber ohne Polizei.«

Marie sah sie überrascht an. »Was soll das heißen? Willst du den Einbrecher etwa selbst fangen?«

Anja grinste. »Wieso? Dafür hab ich doch euch!«

»Wir können nicht für deine Sicherheit garantieren.« Kim blieb ernst. »Außerdem ist ein Einbruch eine Straftat und sollte der Polizei gemeldet werden.«

»Ach was, es ist doch gar nichts gestohlen worden«, wiegelte Anja ab.

»Und wenn der Täter wiederkommt?«, fragte Marie.

»Der kommt bestimmt nicht zurück. Er hat doch gesehen, dass es hier nichts zu holen gibt.« Anja erhob sich aus dem Sessel. »Tut mir leid, aber ich muss zurück in den Laden.«

Die drei !!! wechselten einen Blick. Franzis Zweifel spiegelten sich in den Gesichtern ihrer Freundinnen wider. Warum

wollte Anja Kramer die Polizei aus der Sache heraushalten? Hatte sie etwas zu verbergen?
Franzi fiel etwas ein. »Übrigens hat der Täter ein Tattoo!« In der ganzen Aufregung hatte sie völlig vergessen, dieses Detail zu erwähnen.
»Und das sagst du erst jetzt?« Kim zückte ihr Detektivtagebuch für unterwegs, ein abgegriffenes Heft, in das sie alle Einzelheiten ihrer Ermittlungen eintrug. »Wie sah es aus?«
»Es war ein Vogel, der seine Schwingen ausbreitet.«
»Was?« Anja starrte sie ungläubig an.
»Ein fliegender Vogel«, wiederholte Franzi. »Kennst du jemanden mit so einer Tätowierung?«
Anja schüttelte hastig den Kopf. »Nein.«
»Was für ein Vogel?«, fragte Kim. »Schwalbe, Möwe, Adler, Spatz?«
Franzi dachte nach. »Keine Ahnung. Ich hab's nur ganz kurz gesehen, als der Pullover von dem Kerl hochgerutscht ist.«
»Wo genau befand sich das Tattoo?«
»Auf dem Rücken, linke Seite, kurz über dem Hosenbund.«
Kim schlug zufrieden das Heft zu, nachdem sie alles notiert hatte. »Das ist viel besser als jeder Fingerabdruck! Anhand des Tattoos können wir den Täter zweifelsfrei identifizieren.«
»Und wie soll das gehen?«, fragte Marie. »Willst du alle Inselbewohner auf dem Kurplatz versammeln und sie auffordern, sich mal eben frei zu machen? *Ziehen Sie doch bitte kurz Ihren Pullover aus, damit ich einen Blick auf Ihren Rücken werfen kann!*« Sie kicherte. »Das wird lustig!«
Kim verdrehte die Augen. »Unsinn! So hab ich das natürlich nicht gemeint.«

Franzi sah zu Anja, die einen unsichtbaren Punkt an der Wand fixierte und gar nicht mehr zuzuhören schien. »Alles klar?«
Anja zuckte zusammen. »Ja, natürlich.« Sie versuchte zu lächeln, doch es fiel etwas gequält aus.
Wieder hatte Franzi das Gefühl, dass die Seehundjägerin ein Geheimnis hatte.

Überrumplungstaktik

Etwas später war Anja Kramer hinter ihre Fischtheke zurückgekehrt und die drei !!! traten auf den Bürgersteig. Franzi stieß fast mit zwei Frauen zusammen, die sich vor dem Laden unterhielten. Sie wollte schon weitergehen, als der Name *Fisch Kramer* fiel. Während Kim und Marie zu ihren Fahrrädern gingen, kniete sich Franzi hin und tat so, als würde sie ihren Turnschuh zubinden. Dabei spitzte sie die Ohren.

»Also, ich kauf hier ja nicht mehr ein«, sagte die eine Frau gerade. Sie hatte graue Haare und den ganzen Kopf voller Ringellöckchen. Wahrscheinlich war ihre Dauerwelle etwas zu heftig ausgefallen.

»Wieso denn nicht?«, wunderte sich ihre Bekannte, die eine große, knallrote Brille trug, mit der sie ein bisschen wie eine Eule aussah. »Der Fisch ist doch nicht schlecht.«

»Kann schon sein. Aber der Laden gehört doch dieser Seehundjägerin.« Die Frau mit den Ringellöckchen beugte sich vertraulich vor. »Die knallt die armen Seehunde kaltblütig ab!«

»Nein!« Die andere Frau fuhr zurück. »Das gibt's doch nicht!«

Die Gelockte nickte. »Wenn ich's dir sage! Da kann einem doch schlecht werden, oder? Also, ich setze jedenfalls keinen Fuß mehr in dieses Geschäft …«

Franzi sprang auf. Sie konnte das dumme Geschwätz nicht länger ertragen. »Sie sollten sich erst mal vernünftig infor-

mieren, bevor Sie irgendwelche Gerüchte in die Welt setzen!«, fuhr sie die Frauen an.
»Wie bitte?« Die Dame mit den Locken zog überrascht die Augenbrauen hoch.
»Anja Kramer tötet nur schwer kranke Seehunde, die nicht mehr gerettet werden können«, erklärte Franzi. »Was Sie da machen, grenzt an Verleumdung, und das ist strafbar.«
Die Frau mit der Brille schüttelte den Kopf. »Aber wir unterhalten uns doch nur!«
»Was heißt hier Verleumdung?« Die Gelockte zeigte auf etwas hinter Franzi. »Hier steht es doch schwarz auf weiß!« Empört griff sie nach dem Arm ihrer Bekannten. »Komm, wir gehen. Das lassen wir uns nicht länger bieten!« Die beiden Frauen marschierten beleidigt davon.
Franzi drehte sich um. Ihr Blick fiel auf ein Plakat, das neben dem Laden an einer Mauer hing. Auf weißem Grund stand in knallroten Buchstaben:

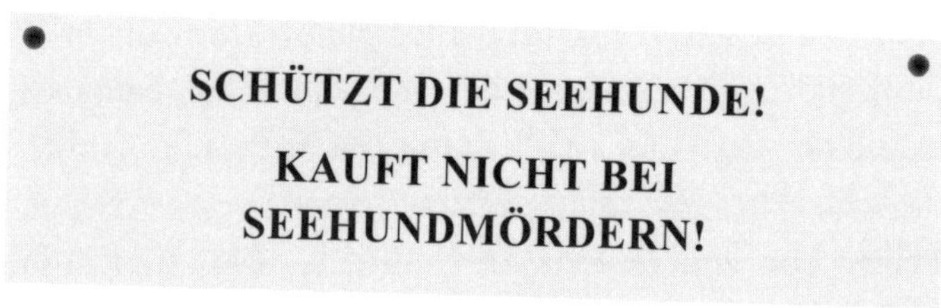

Franzi verschlug es glatt die Sprache. Etwas weiter hinten entdeckte sie auf einem Stromkasten und einer Hausfassade noch mehr Plakate. Sie schienen auf jeder freien Fläche zu kleben. Kein Wunder, dass heute kaum Kunden in Anjas Laden gewesen waren!

Kim und Marie tauchten mit ihren Fahrrädern neben Franzi auf.
Marie schüttelte den Kopf. »Das ist ja eine richtige Kampagne gegen Anja!«
»Wenn das so weitergeht, kann sie ihren Laden bald dichtmachen«, prophezeite Franzi düster.
Kim schnalzte mit der Zunge. »Und wer profitiert davon?«
Franzi zuckte mit den Schultern. »Keine Ahnung. Thomas Jakobi und seine Tierschützer?«
»Falsch!« Kim reckte den Zeigefinger in die Luft. »Der andere Fischhändler auf der Insel.«
»Du meinst diesen Hein Heinrichsen?«, fragte Marie. »Der die Katzen von Thomas Jakobi mit Fischresten versorgt?«
Kim nickte. »Alle, die nicht mehr bei *Fisch Kramer* einkaufen, gehen jetzt in seinen Laden. Das Geschäft muss gerade ordentlich Zulauf haben.«
»Stimmt ...« Franzi dachte an den dicken Mann, der ihnen auf dem Hof von Thomas Jakobi begegnet war. Plötzlich hatte sie eine Eingebung. »Jetzt weiß ich wieder, wo ich ihn schon mal gesehen habe!«
»Wen?«, fragte Marie.
»Hein Heinrichsen!« Franzi schnippte mit den Fingern. »Gib mir mal kurz dein Handy, Marie.«
Stirnrunzelnd zog Marie ihr Smartphone aus der Hosentasche und reichte es Franzi.
Franzi rief die Fotos auf und scrollte sich durch Maries unzählige Bilder. Zwischen Heckenrosen, Strandkörben, Möwen und Muscheln in Großaufnahme fand sie, was sie suchte. »Das ist er!« Sie hielt Kim und Marie das Display hin.

»Tatsächlich!« Marie betrachtete das Foto. Sie hatte es während der Demo des Tierschutzvereins aufgenommen. Es zeigte einen stämmigen Mann mit Glatze, der ein Plakat hochhielt. Darauf stand in roten Buchstaben: *Schluss mit dem Robben-Morden!*

Kim zupfte aufgeregt an einer ihrer kurzen Ponyfransen. »Hein Heinrichsen war auf der Demo?«

»Genau!« Franzi nickte eifrig. »Ich wusste gleich, dass ich ihm schon mal begegnet bin. Er hat den Leuten gesagt, dass sie nicht mehr in Anjas Laden einkaufen sollen.« Sie gab Marie das Smartphone zurück.

»Ganz schön dreist!« Marie steckte das Handy ein. »Sieht fast so aus, als würde er die Aktivitäten des Tierschutzvereins nutzen, um seiner Konkurrentin zu schaden.«

»Wetten, er hat auch die Plakate aufgehängt?« Wütend marschierte Franzi zur Mauer, riss eins der Plakate ab und rollte es zusammen. »Wir fahren jetzt zu ihm und sagen ihm ordentlich die Meinung!«

Kim verzog das Gesicht. »Ich weiß nicht, ob das eine gute Idee ist. Wir haben doch überhaupt keine Beweise …«

»Egal!« Franzi hatte das Gefühl, platzen zu müssen, wenn sie nicht augenblicklich etwas unternahm. »Wir überrumpeln ihn einfach. Wahrscheinlich hat er nicht nur die Plakate aufgehängt, sondern auch die Droh-SMS geschrieben und den Anschlag auf den Laden verübt. Denkt doch mal nach: Hein Heinrichsen hat Fischabfälle in Hülle und Fülle! Vielleicht war er sogar der Einbrecher, der uns gerade entwischt ist.«

Marie schüttelte den Kopf. »Das kannst du vergessen. Der Mann in Anjas Wohnung war doch groß und schlank.«

»Na und?« Franzi ließ sich nicht beirren. »Dann hat er eben jemand anderen geschickt. Deshalb wurde auch nichts gestohlen. Der vermummte Typ sollte Anjas Wohnung verwüsten, damit sie die Nerven verliert und die Insel verlässt. Dann wäre er nämlich der einzige Fischhändler vor Ort.« Sie schnappte sich ihr Rad und klemmte das zusammengerollte Plakat auf den Gepäckträger. »Na los, worauf wartet ihr noch?«

Kim seufzte resigniert. »Okay, versuchen wir es mit der Überrumplungstaktik. Mir wäre allerdings wohler, wenn wir zumindest den Hauch eines Beweises hätten.«

»Manchmal muss man eben alles auf eine Karte setzen, wenn man gewinnen will.« Franzi schwang sich in den Sattel und trat in die Pedale. Die Bewegung tat gut und der Fahrtwind kühlte ihre heißen Wangen. Sie konnte Ungerechtigkeit und unfaires Verhalten einfach nicht ertragen. Wenn sie daran dachte, wie sehr Anja Kramer unter den falschen Beschuldigungen, den fiesen SMS, den Drohungen und den Anfeindungen der Leute litt, wurde ihr ganz schlecht vor Wut. Das war so was von gemein! Aber sie würden die Verantwortlichen finden und zur Rechenschaft ziehen.

Hein Heinrichsens Geschäft befand sich in bester Lage direkt am Kurplatz. Das Haus wirkte etwas heruntergekommen. Die schmutzig graue Fassade hatte schon länger keinen Anstrich mehr gesehen und das Ladenschild in Form eines Fisches, das leise quietschend über der Tür im Wind schwang, war verrostet.

Die drei !!! stellten ihre Räder ab und betraten den Laden. Er war wesentlich größer als *Fisch Kramer*, wirkte aber längst nicht so einladend. Im Schaufenster stand nur ein verstaubter Plastikfisch, davon abgesehen war es völlig kahl. Auch sonst gab es keine Deko. Wände und Bodenfliesen hatten einen schmutzig weißen Farbton. Wie dreckiger Schnee, dachte Franzi und fröstelte. Trotz der lieblosen Einrichtung herrschte ordentlich Betrieb. Mindestens zehn Kunden drängten sich vor der altmodischen Theke. An der Kasse hatte sich eine Schlange gebildet. Ein junges Mädchen, ungefähr im Alter der Detektivinnen, tippte die Preise ein und kassierte ab. Hein Heinrichsen und ein Angestellter bedienten die Kunden.

»Was kostet der Lachs, Papa?«, rief das Mädchen gerade.

»Mensch, Alina, wie oft soll ich dir das noch sagen?«, schimpfte Herr Heinrichsen. »Hundert Gramm kosten fünf neunundneunzig.«

Alina pustete sich eine Haarsträhne aus der Stirn und arbeitete weiter. Sie hatte ein hübsches, herzförmiges Gesicht und eine freche Stupsnase. Ihre braunen Haare trug sie zu einem Pferdeschwanz, der bei jeder Bewegung auf ihrem Hinterkopf wippte.

»Los geht's!«, zischte Franzi. Sie drängte sich kurzerhand zwischen den wartenden Kunden durch, ohne sich um deren Proteste zu kümmern.

»Tut uns leid, das ist ein Notfall«, sagte Kim entschuldigend. Ihr war die Situation sichtlich unangenehm.

Franzi baute sich vor der Theke auf und entrollte das Plakat.

»Was soll das?«, meckerte Hein Heinrichsen. »Was wollt ihr?«

»Haben Sie das aufgehängt?«, fragte Franzi. Sie starrte den Fischhändler böse an.

»Wie kommt ihr darauf?« Heinrichsen funkelte ärgerlich zurück.
»Weil Sie die Leute auf der Demo des Tierschutzvereins dazu aufgefordert haben, nicht mehr in Anja Kramers Laden einzukaufen«, sagte Marie in sachlichem Tonfall.
»Was? Nein, nein, da müsst ihr was falsch verstanden haben.« Der Fischhändler fuhr sich über die Glatze. Wurde er nervös?
»Anja bekommt außerdem seit einer Weile anonyme Droh-SMS«, fuhr Kim fort. »Von dem Anschlag auf ihren Laden wissen Sie ja bereits.«
»Wie – das soll ich jetzt auch gewesen sein?« Hein Heinrichsen lachte polternd und sah sich Beifall heischend um. Ein paar Leute grinsten. »Sonst noch was?« Er musterte die Detektivinnen aus zusammengekniffenen Augen. »Ihr habt doch gestern schon bei Thomas für Ärger gesorgt. Beschuldigt ihr eigentlich jeden, der euch über den Weg läuft?« Er drohte ihnen mit dem Zeigefinger. »Passt bloß auf, sonst geratet ihr irgendwann noch mal an den Falschen. Ihr habt Glück, dass ich so ein friedfertiger Mensch bin.«
»Wir wissen, was wir tun«, sagte Franzi kalt. »Geben Sie endlich zu, dass Sie Anja Kramer schaden wollen. Sie haben die Plakate aufgehängt, ihr anonyme Nachrichten geschrieben und jemanden beauftragt, Fischabfälle gegen ihr Schaufenster zu werfen, während Sie auf der Demo waren und zum Boykott gegen ihren Laden aufgerufen haben. Ganz schön raffiniert, so haben Sie sich nämlich gleich ein Alibi verschafft.«
»Alibi? Bei euch piept's wohl!« Der Fischhändler tippte sich gegen die Stirn. »Wir sind hier doch nicht im *Tatort*.« Einige

Kunden lachten und Heinrichsen grinste überlegen. »Und jetzt verschwindet, ihr haltet den ganzen Betrieb auf.«
»Aber …«, begann Franzi.
»RAUS!«, brüllte Hein Heinrichsen.
»Rückzug!«, zischte Kim.
Widerstrebend rollte Franzi das Plakat zusammen und folgte ihren Freundinnen aus dem Laden.

Verräterische Delfine

»Das war wohl nichts«, stellte Marie fest, als sie zur Ferienwohnung zurückradelten.
»Die Überrumplungstaktik klappt eben leider nicht bei jedem.« Kim wich einer Pferdekutsche aus, die im Schritttempo über die Straße fuhr.
»Wir hätten dranbleiben müssen!« Franzi trat verbissen in die Pedale. »Wenn wir diesem Heinrichsen noch etwas länger zugesetzt hätten, wäre er garantiert eingeknickt.«
»Glaub ich nicht«, sagte Marie. »Der hätte uns eher höchstpersönlich aus dem Laden geschmissen oder wäre handgreiflich geworden.«
Kim seufzte. »Es hilft alles nichts. Wir brauchen Beweise, um den Täter zu überführen.« Sie bremste vor dem Haus, in dem sich ihre Ferienwohnung befand.
»So ein Mist!« Franzi sprang vom Rad, schob es durch das Gartentor und stellte es im Ständer neben der Haustür ab. Es wurmte sie, dass sie nichts gegen den Fischhändler ausrichten konnten. Dabei hatte er garantiert Dreck am Stecken!
»Alles in Ordnung?« Ingeborg Drews tauchte hinter einem Sanddornbusch auf und warf Franzi einen besorgten Blick zu.
»Hallo, Frau Drews, ich hab Sie gar nicht gesehen.« Franzi nickte der Vermieterin zu. »Ja, alles klar. Ich … ich hab mich nur gerade über etwas geärgert.«
Frau Drews legte die Heckenschere auf die Fensterbank und zog die Gartenhandschuhe aus. »Nichts Schlimmes, hoffe ich. Wenn ich euch irgendwie helfen kann, sagt Bescheid.«

Sie lächelte den Mädchen zu. »Wie gefällt es euch denn hier bei uns auf Langedün?« Sie war offenbar zu einem kleinen Schwätzchen aufgelegt.
»Prima!« Kim schob ihr Rad neben Franzis in den Ständer. »Die Insel ist wunderschön.«
Frau Drews nickte. »Da hast du recht. Ich bin hier geboren, wisst ihr, und ich möchte nirgendwo anders leben.«
»Sie sind gebürtige Insulanerin?« Marie nahm ihre Handtasche aus dem Fahrradkorb. »Dann kennen Sie doch bestimmt jeden hier auf der Insel, oder?«
Die Vermieterin lächelte. »Und ob! Den einen mag man mehr, den anderen weniger. Hier lernt man, miteinander auszukommen. Denn auf so einer kleinen Insel kann man sich nicht wirklich aus dem Weg gehen.«
Franzi beschloss, die Gelegenheit zu nutzen, um ihre Vermieterin ein bisschen auszuhorchen. »Wir waren gerade im Fischladen von Hein Heinrichsen. Der scheint ja ein ziemlich aufbrausender Typ zu sein.«
»Allerdings«, bestätigte Ingeborg Drews. »Dem Hein kommt man besser nicht dumm. Er war schon immer sehr jähzornig. Früher war er regelmäßig in Schlägereien in unserer Inselkneipe verwickelt.«
»Tatsächlich?« Franzi zog die Augenbrauen hoch. Das waren interessante Neuigkeiten. »Prügelt er sich heute auch noch?«
Frau Drews winkte ab. »Nein, das ist lange her. Inzwischen ist er ruhiger geworden. Es kann allerdings passieren, dass er einen Kunden aus seinem Laden wirft, wenn es jemand wagt, seinen Fisch zu kritisieren.« Sie lachte. »Einmal hab ich mitbekommen, wie er eine Touristin angeschnauzt hat, die mit

den Krabben nicht zufrieden war. Die Frau war so verdattert, dass sie keinen Ton herausbekommen hat. Sie ist einfach gegangen.«

»Das ist aber nicht gerade gut fürs Geschäft«, bemerkte Kim.

Die Vermieterin schüttelte den Kopf. »Deshalb sind mit der Zeit auch immer weniger Kunden in Heins Laden gekommen. Und als Anja Kramer ihr Geschäft eröffnet hat, herrschte bei ihm plötzlich völlige Flaute. Ich hab früher ein paar Stunden bei Hein ausgeholfen, wisst ihr? Bis letztes Jahr, da konnte er mich nicht mehr bezahlen. Jetzt steht seine Tochter manchmal hinter der Kasse.«

»Alina?«, fragte Franzi.

»Genau«, bestätigte Frau Drews. »Die Kleine hängt sehr an ihrem Vater, obwohl er es ihr nicht immer leicht macht. Na ja, ist vielleicht auch kein Wunder. Vor ein paar Jahren ist ihm die Frau weggelaufen, das hat ihm ganz schön zugesetzt. Und der Kleinen natürlich auch.«

»Seit wann engagiert sich Hein Heinrichsen eigentlich für den Tierschutz?«, fragte Franzi.

Ingeborg Drews lachte. »Tierschutz? Hein? Damit hat er bestimmt nichts am Hut! Als es damals darum ging, ob die Seehundstation auf die Insel kommen soll, war er strikt dagegen. Die Heinrichsens sind eine alte Seehundjäger-Familie. Und das meine ich wörtlich! Früher, als Seehunde noch nicht geschützt waren, haben Heins Vater und sein Großvater regelmäßig Jagd auf die Tiere gemacht.«

Kim runzelte die Stirn. »Sind Sie sicher? Aber warum ist er dann Mitglied im Tierschutzverein und engagiert sich für den Schutz von Seehunden?«

Die Vermieterin zuckte mit den Schultern. »Vielleicht hat er auf seine alten Tage sein Herz für Tiere entdeckt.«
»Kann ich mir nicht vorstellen«, murmelte Franzi. Sie versuchte, die neuen Informationen zu sortieren. Es wurde immer offensichtlicher, dass der Fischhändler ein falsches Spiel trieb. Er war kein Tierschützer aus Überzeugung, sondern nutzte den Verein für seine ganz persönlichen Zwecke. Das mussten sie ihm jetzt nur noch nachweisen. Aber wie?
Frau Drews warf einen Blick auf ihre Armbanduhr. »Oje, jetzt hab ich doch glatt die Zeit vergessen!« Sie griff nach der Heckenschere. »Tut mir leid, ich muss los. Ich bin gleich noch fürs Kino verabredet.«
Franzi erinnerte sich an eine Bemerkung von Anja. Hatte sie nicht auch einen Kinobesuch erwähnt? »Toll, dass es hier auf der Insel ein richtiges Kino gibt.«
Die Vermieterin nickte. »Ja, das ist wirklich ein Segen. Im Winter hat es leider zu, aber während der Saison schaue ich mir jeden Sonntag mit meiner Freundin einen Film an.«
Marie stutzte. »Heute ist doch Montag.«
»Stimmt! Gestern mussten wir leider unverrichteter Dinge wieder nach Hause gehen«, erzählte Ingeborg Drews. »Das Kino hatte wegen einer technischen Panne kurzfristig geschlossen.« Sie winkte den Mädchen zu. »Macht's gut, einen schönen Abend noch!«
Die Vermieterin ging ins Haus und Franzi sah ihr nachdenklich hinterher. In ihrem Kopf ratterte es. Irgendetwas stimmte nicht …
»Das Kino hatte gestern zu?« Kim runzelte die Stirn. »Aber das heißt ja …«

»Anja hat nicht die Wahrheit gesagt!«, rief Franzi. »Sie hat behauptet, gestern Abend spät aus dem Kino gekommen zu sein, als sie die Gestalt im Hof bemerkt hat.«
»Merkwürdig«, murmelte Marie. »Warum lügt sie?«
»Sie hat etwas zu verbergen«, sagte Franzi. »Das ist mir schon die ganze Zeit so vorgekommen.«
»Aber was?«, fragte Kim.
»Genau das müssen wir herausfinden«, stellte Marie fest.

Am nächsten Morgen fuhren die Detektivinnen zum Kurplatz, um Hein Heinrichsens Fischgeschäft einen zweiten Besuch abzustatten. Doch dieses Mal würden sie den Laden nicht durch die Vordertür betreten. Während einer spontanen Clubsitzung am vergangenen Abend hatten sie beschlossen, sich heimlich in Heinrichsens Büro zu schleichen und dort nach belastenden Hinweisen zu suchen. Tessa war zum Glück beschäftigt und würde keine unangenehmen Fragen stellen. Sie hatte hier auf der Insel so viele Ideen für neue T-Shirt-Motive gesammelt, dass sie sich gleich nach dem Frühstück in ihr Zimmer zurückgezogen hatte, um erste Skizzen für die nächste Kollektion zu machen.
Als die drei !!! ihre Räder vor dem Fischgeschäft abstellten, warf Franzi einen kurzen Blick durch das staubige Schaufenster. Obwohl es erst kurz nach zehn war, waren schon eine Menge Kunden im Laden. Alina, die wieder hinter der Kasse stand, und ihr Vater hatten alle Hände voll zu tun. Genau der richtige Moment für eine kleine Undercover-Aktion!
Die Detektivinnen huschten um die Hausecke und über-

zeugten sich davon, dass sie nicht beobachtet wurden. Franzi drückte die Klinke der Hintertür herunter und jubelte innerlich, als die Tür sofort aufschwang.

»Heute kannst du dir den Haarnadeltrick sparen«, flüsterte sie Marie zu. Ihre Freundin war für das Knacken von Schlössern zuständig und hatte ihnen mit ihren Fähigkeiten schon mehr als einmal aus brenzligen Situationen geholfen.

Marie reckte den Daumen in die Höhe und die drei !!! schlüpften durch den Türspalt. Im Flur blieben sie mit angehaltenem Atem stehen. Franzi spitzte die Ohren, aber es war nichts zu hören. Keine Schritte, keine Stimmen, nur das leise Summen der Kühlanlage. Auf Zehenspitzen schlichen sie weiter. Sie kamen an einem Lagerraum vorbei und am Kühlraum, der mit einer dicken Stahltür gesichert war. Weiter vorne ging es in den Laden. Vor einer Tür mit der Aufschrift *BÜRO* blieb Franzi stehen. Sie lauschte noch einmal. Als alles ruhig blieb, öffnete sie vorsichtig die Tür und atmete erleichtert aus. Der Raum war leer! Schnell betraten die Detektivinnen das Büro und schlossen die Tür hinter sich.

»Geschafft!« Franzi sah sich um. Hein Heinrichsens Büro war nicht besonders groß und extrem unordentlich. Auf dem großen Schreibtisch in der Mitte des Zimmers lagen Papierstapel und alle möglichen Unterlagen. In den Regalen standen verstaubte Aktenordner mit kryptischen Aufschriften. Auf dem Boden türmten sich Fachzeitschriften.

»Seht euch das an!« Marie deutete auf ein altes Schwarz-Weiß-Foto an der Wand. Es zeigte zwei Männer mit Pelzmützen und Gewehren über der Schulter, die stolz einen erlegten Seehund präsentierten.

»Das muss Hein Heinrichsens Vater sein«, vermutete Franzi. »Oder sein Großvater.«
»Schnell!« Kim trat nervös von einem Fuß auf den anderen. »Wir sollten uns beeilen, bevor jemand kommt.«
Die Detektivinnen begannen systematisch, den Raum zu durchsuchen. Kim nahm sich den Schreibtisch vor, Marie die Regale und Franzi die Zeitschriftenstapel auf dem Fußboden. Es dauerte nicht lange, bis sie fündig wurde.
»Volltreffer!« Franzi grinste triumphierend. Unter ein paar zerfledderten Angler-Zeitschriften hatte sie einen Stapel Plakate mit roter Aufschrift hervorgezogen.
»*Schützt die Seehunde! Kauft nicht bei Seehundmördern!*«, las Marie halblaut. Sie klopfte Franzi auf die Schulter. »Gute Arbeit!«
»Das ist der Beweis!« Kim rieb sich zufrieden die Hände. »Hein Heinrichsen hat die Plakate drucken lassen und überall auf der Insel aufgehängt.«
»Ich wusste es!« Franzi sprang auf. »Was jetzt? Sollen wir zur Polizei gehen?«
Ehe die drei !!! eine Entscheidung treffen konnten, wurde die Tür aufgerissen und der Fischhändler stand auf der Schwelle. Sein Gesicht wurde so rot wie ein gekochter Hummer, als er die Mädchen erblickte. »Was schnüffelt ihr hier rum?«, brüllte er. »Raus aus meinem Büro, und zwar dalli, sonst könnt ihr was erleben!«
Im ersten Moment waren die Detektivinnen vor Schreck wie gelähmt. Franzi fasste sich als Erste wieder.
»Können Sie uns das hier erklären?« Sie hielt das oberste Plakat hoch.

Der Fischhändler schnappte nach Luft wie ein Karpfen auf dem Trockenen. »Was … wie … wieso …«
»Leugnen ist zwecklos«, stellte Marie fest. »Die Plakate in Ihrem Büro sind der Beweis: Sie stecken hinter der Kampagne gegen Anja Kramer!«
Herr Heinrichsen sackte in sich zusammen. Er schlurfte zum Schreibtisch und ließ sich auf seinen Stuhl fallen wie ein nasser Sack Fischmehl. »Stimmt, die Plakate sind von mir.« Er wischte sich über die Glatze, auf der ein paar Schweißtropfen glänzten.
»Warum haben Sie das getan?«, fragte Kim.
Der Fischhändler seufzte. »Ich wollte Anja loswerden. Ihr Laden ist mir schon lange ein Dorn im Auge. Er läuft wie geschmiert, während zu mir kaum noch Kunden kommen. Ich stehe kurz vor der Pleite!«
»Deshalb haben Sie den Protest gegen die Seehundjäger genutzt, um Ihre eigenen Interessen zu verfolgen und zum Boykott von *Fisch Kramer* aufzurufen«, folgerte Franzi. »Nur aus diesem Grund sind Sie in den Tierschutzverein eingetreten, stimmt's?«
Heinrichsen nickte zähneknirschend. »Ich hab gedacht, Anja verschwindet von der Insel, wenn ihr der Wind kräftig ins Gesicht bläst. Aber sie ist zäher, als ich angenommen hab.« Widerwillige Anerkennung schwang in seiner Stimme mit. »Erst hab ich ihr diese Nachrichten aufs Handy geschickt. Als das nichts genützt hat, bin ich zu den Tierschützern gegangen.«
»Und um auf Nummer sicher zu gehen, haben Sie ihre Schaufensterscheibe auch noch mit Fischresten beschmiert

und jemanden damit beauftragt, nachts vor ihrem Haus herumzulungern und in ihre Wohnung einzudringen«, fuhr Franzi fort. »Anja Kramer sollte richtig Angst bekommen, stimmt's? Sie wollten sie loswerden, um der einzige Fischhändler auf der Insel zu sein. Fast wäre Ihr Plan aufgegangen!«

Hein Heinrichsen sah sie verdutzt an. »Wovon redest du? Ein Einbruch? Damit hab ich nichts zu tun! Und mit dem Anschlag auf den Laden auch nicht.«

»Machen Sie endlich reinen Tisch«, forderte Kim. »Halbe Wahrheiten bringen uns jetzt nicht weiter.«

»Ich hab doch schon gesagt ...«, begann Heinrichsen, als eine helle Stimme auf dem Flur ertönte.

»Papa? Wo steckst du?«

Alina stürmte ins Büro und blieb beim Anblick der kleinen Versammlung verdutzt stehen. »Nanu! Was ist denn hier los?«

»Ich muss kurz was besprechen.« Heinrichsen klang müde. »Geh zurück nach vorne, ich komm gleich.«

»Der Laden ist gerammelt voll, ich schaff das nicht alleine!« Alina sah von ihrem Vater zu den drei !!!. »Ihr wart doch gestern schon hier und habt Stress gemacht! Was wollt ihr von meinem Vater? Warum lasst ihr ihn nicht in Ruhe?«

»Darum!« Franzi hielt das Plakat hoch.

Alina sog scharf die Luft ein.

»Dein Vater hat versucht, Anja Kramer von der Insel zu vergraulen«, sagte Kim. »Er hat bereits zugegeben, die Plakate aufgehängt und ihr anonyme Nachrichten geschrieben zu haben.«

»Mit den anderen Sachen hab ich nichts zu schaffen!« Der

Fischhändler richtete sich auf. »Wie oft soll ich das noch sagen?«
»Was für andere Sachen?«, fragte Alina verwirrt.
»Der Anschlag auf Anjas Laden zum Beispiel«, erklärte Marie. »Außerdem ist ein Unbekannter in ihre Wohnung eingebrochen.«
»Was?« Alina wurde blass. »Aber Papa ist unschuldig!«
»Woher willst du das wissen?«, fragte Franzi.
»Weil … weil er so was nie machen würde. Außerdem war er doch Sonntag um zwölf bei der Demo der Tierschützer. Er kann mit dem Anschlag also gar nichts zu tun haben!«
Kim sah Alina nachdenklich an. »Woher weißt du so genau, wann der Anschlag stattgefunden hat?«, fragte sie. »Davon war doch gar nicht die Rede.«
»Äh … ich … keine Ahnung«, stammelte Alina. »Ihr müsst das gestern erwähnt haben.«
Franzi schüttelte den Kopf. »Nein, haben wir nicht.«
Marie warf einen Blick auf Alinas Hände. »Hübsche Nagelsticker hast du da. Zeig doch mal!«
Froh über die Ablenkung präsentierte Alina ihre Fingernägel, auf denen kleine, silberne Delfine glänzten. »Süß, oder? Delfine sind meine absoluten Lieblingstiere.«
»Schade nur, dass einer fehlt.« Franzi betrachtete den leeren Nagel von Alinas rechtem Daumen.
Alina zuckte mit den Schultern. »Die Dinger gehen leider immer ziemlich schnell ab.«
»Ich hab eine gute Nachricht für dich.« Kim zog ein Plastiktütchen aus der Hosentasche. »Wir haben deinen Nagelsticker gefunden!«

Alina machte ein überraschtes Gesicht. Sie griff nach der Tüte und betrachtete den winzigen Delfin. »Tatsächlich! Wo habt ihr den her?«
»Er lag vor Anja Kramers Fischladen«, sagte Franzi, ohne Alina aus den Augen zu lassen. »Direkt nach dem Anschlag. So ein Zufall, was?«
Alina schluckte und ließ langsam die Tüte sinken.
»Oder vielleicht doch kein Zufall?« Maries Stimme klang so sanft wie das Schnurren eines Kätzchens. Aber ihr Blick war hart wie Stahl. »*Du* hast die Fischabfälle gegen die Scheibe geworfen, stimmt's?«
Alina senkte den Kopf. »Stimmt«, gab sie leise zu.
»Was?« Hein Heinrichsen schien aus allen Wolken zu fallen. »Warum hast du das gemacht?«
»Ich wollte dir helfen!« Alina sah auf. »Du glaubst immer, ich krieg nichts mit, aber ich weiß genau, was los ist. Seit Monaten läuft das Geschäft schlecht, weil alle nur noch zu *Fisch Kramer* rennen. Darum hast du die Plakate drucken lassen und versuchst, die Leute gegen Anja aufzuhetzen.«
»Du wusstest davon?« Heinrichsen kratzte sich fassungslos am Kopf. »Das darf doch nicht wahr sein!«
»Es tut mir leid«, sagte Alina hastig. »Ich wollte dich nicht in Schwierigkeiten bringen.«
»Red keinen Unsinn«, brummte ihr Vater. »Ich hab mich ganz allein in Schwierigkeiten gebracht. Und ich war ein verdammt schlechtes Vorbild, fürchte ich.«
»Allerdings«, bestätigte Franzi.
Heinrichsen warf ihr einen düsteren Blick zu.
»Aber Sie können es wiedergutmachen«, sagte Kim. »Wenn

Sie alle Plakate sofort abnehmen und Anja Kramer in Zukunft in Ruhe lassen, sieht sie vielleicht von einer Anzeige ab.«
»Außerdem ist natürlich eine Entschuldigung fällig«, bemerkte Marie.
Der Fischhändler nickte langsam. »Wo ihr recht habt, habt ihr recht.« Er erhob sich schwerfällig von seinem Stuhl. »Wir müssen zurück in den Laden, Alina. Aber wir erledigen die Angelegenheit gleich nach Feierabend. Unangenehme Dinge sollte man nicht auf die lange Bank schieben.«

Flieg, Vöglein, flieg

»Puh, das war ganz schön heftig!«, seufzte Franzi, sobald sie wieder auf dem Kurplatz in der Sonne standen.

»Ich dachte, dieser Heinrichsen dreht uns gleich den Hals um, als er uns in seinem Büro erwischt hat.« Kim schauderte.

»Was machen wir jetzt?«, fragte Marie.

»Wir fahren zu Anja und erzählen ihr alles.« Franzi schloss ihr Fahrrad auf. »Sie ist bestimmt froh, wenn sie erfährt, wer hinter den Plakaten, dem Anschlag und den Droh-SMS steckt.«

»Jetzt müssen wir nur noch klären, wer der vermummte Einbrecher war«, sagte Kim.

»Und warum Anja uns die Lügengeschichte mit dem Kinobesuch aufgetischt hat«, fügte Franzi hinzu.

Die Detektivinnen schoben ihre Räder über den Kurplatz. Das Kurorchester hatte gerade den ersten Auftritt des Tages und vom Musikpavillon wehte eine beschwingte Walzermelodie herüber. Franzi summte leise mit.

»Ist das dort drüben nicht Lars?«, fragte Marie plötzlich.

»Ja, das ist er!« Kim winkte.

Anjas Exfreund kam ihnen lächelnd entgegen. »Hallo, ihr drei! Wie geht's?«

»Bestens!«, antwortete Franzi. »Was macht der kleine Heuler?«

»Er frisst wie ein Scheunendrescher und hat sich prima in der Station eingelebt.« Lars fuhr sich durch seine fransigen Haare. »Wenn nichts dazwischenkommt, kann er in den nächsten Tagen zu den anderen Seehunden ins große Becken.«

»Toll!« Franzi strahlte über das ganze Gesicht. »Das sind echt gute Neuigkeiten.«

»Zählst du schon die Tage bis zu deiner Weltreise?«, erkundigte sich Marie.

»Und ob! Aber vorher gibt's noch eine Menge zu erledigen.« Für den Bruchteil einer Sekunde verdunkelten sich seine Augen, dann lächelte er wieder. »Darum muss ich jetzt auch weiter.«

Er bückte sich, um den losen Schnürsenkel an seinem Turnschuh zuzubinden. Dabei rutschte sein T-Shirt ein Stück nach oben und gab den unteren Rücken frei. Franzi erstarrte. Auf der hellen Haut zeichnete sich ein schwarzer Vogel ab. Er breitete die Schwingen aus, als wollte er jeden Moment davonfliegen. Es gab keinen Zweifel: Dasselbe Tattoo hatte Franzi auch bei dem vermummten Einbrecher gesehen. In ihrem Kopf fuhren die Gedanken Karussell. War Lars der Täter? Aber warum brach er bei seiner Exfreundin ein? War er sauer, weil sie sich getrennt hatten? Lars richtete sich wieder auf und nickte den Mädchen zu. »Also, man sieht sich!«

Franzi riss sich zusammen. Sie durfte sich nichts anmerken lassen! »Ja … äh … mach's gut«, murmelte sie. Sobald Lars außer Hörweite war, erzählte sie Kim und Marie hastig von ihrer Entdeckung.

»Bist du sicher?«, fragte Marie skeptisch.

Franzi nickte. »Es war dasselbe Tattoo, eindeutig! Bestimmt hat er es sich stechen lassen, damit er seinen großen Traum nicht vergisst. Er will davonfliegen wie ein Vogel, einmal um die ganze Welt …«

»Aber warum sollte Lars in Anjas Wohnung eindringen?«, fragte Kim.

»Keine Ahnung!« Franzi zuckte mit den Schultern. »Gekränkte Eitelkeit, Liebeskummer, was weiß ich?«

»Vielleicht war er auf der Suche nach Geld, um seine Weltreise zu finanzieren«, überlegte Marie. »Anja hat doch erwähnt, dass er ständig blank ist, oder?«

»Auf jeden Fall stimmt was nicht mit dem Typ«, fasste Franzi zusammen. »Wir sollten ihm folgen! Vielleicht finden wir dann heraus, was mit ihm los ist.«

»Okay!« Kim nickte energisch. »Wir teilen uns auf. Du übernimmst die Beschattung von Lars, Marie und ich informieren Anja.«

»Alles klar!« Franzi stürmte los. Wenn sie sich an Lars' Fersen heften wollte, musste sie sich beeilen.

Wenige Minuten später bogen Kim und Marie in die Strandstraße ein und sprangen vor Anja Kramers Laden von den Fahrrädern. Als sie auf die Tür zugingen, ertönte der Klingelton eines Handys.

»Mist!« Marie zog ihr Smartphone aus der Tasche. »Ausgerechnet jetzt!« Sie warf einen Blick auf das Display. »Das ist Tessa, ich muss kurz rangehen.«

»Aber mach schnell!«, drängte Kim. »Je eher wir mit Anja reden, desto besser.«

Marie nickte und nahm das Gespräch an. »Hallo, Tessa, was gibt's?«

Die Stimme ihrer Stiefmutter drang an ihr Ohr. »Gott sei Dank, dass ich dich erreiche, Marie! Du musst mir helfen!«
»Was ist los?«, fragte Marie beunruhigt. »Ist was passiert?«
»Nein, nein, nichts Schlimmes. Ich hab mich nur in eine ziemlich blöde Lage manövriert.« Tessa lachte verlegen. »Stell dir vor, ich bin zum Baden an den Strand gegangen, nachdem ich mein ganzes Skizzenbuch mit neuen Entwürfen vollgekritzelt hatte, und hab den Schlüssel in der Wohnung vergessen. Jetzt stehe ich im nassen Bikini vor der Haustür und komm nicht rein.«
»Du hast dich ausgeschlossen?«
»Das ist mir ewig nicht mehr passiert! Keine Ahnung, wo ich mit meinen Gedanken war. Frau Drews ist leider nicht da, ich hab schon bei ihr Sturm geklingelt. Kurz und gut: Kannst du schnell vorbeikommen und mir aufschließen, bevor ich erfriere? Es ist ganz schön kalt in den nassen Sachen.«
Marie meinte, das Geräusch von klappernden Zähnen zu hören. Sie seufzte. »Klar, ich komm vorbei. Bin in fünf Minuten da.« Sie steckte das Handy weg und warf Kim einen entschuldigenden Blick zu. »Kleine Planänderung: Wir müssen zur Ferienwohnung. Tessa steht in nassen Badeklamotten vor der Tür und kommt nicht rein.«
Kim verdrehte die Augen. »Verdammt! Das kostet uns wertvolle Zeit.«
»Weiß ich doch.« Marie ging zu ihrem Fahrrad. »Aber wir können sie schließlich schlecht hängen lassen.«
»Nein, natürlich nicht«, stimmte Kim zu. »Also gut, erst zur Wohnung, dann zurück zum Fischladen.«
Die Detektivinnen stiegen auf ihre Räder und sausten los.

Franzi war dem Verdächtigen dicht auf den Fersen. Lars Meinhoff machte Besorgungen und Franzi beobachtete jeden seiner Schritte ganz genau. Erst deckte er sich im Zeitungsladen mit Zeitschriften ein, dann kaufte er in der Apotheke eine gut gefüllte Reiseapotheke, Mückenspray und Hühneraugenpflaster, bevor er im Supermarkt Vollkornkekse, eine Tafel Zartbitter-Schokolade und zwei Flaschen Mineralwasser besorgte. Franzi fiel auf, dass er zwischendurch immer wieder auf die Uhr sah. Hatte er noch eine Verabredung?

Als Lars vom Supermarkt zurück zum Kurplatz ging, drehte er sich um und grüßte einen Bekannten. Franzi hechtete hinter eine Kutsche, die gerade am Straßenrand hielt. Sie lugte vorsichtig um die Ecke. Glück gehabt! Lars hatte sie nicht bemerkt. Dafür wurde sie von den Fahrgästen der Kutsche misstrauisch beäugt. Franzi grinste verlegen und lief schnell weiter. Auf dem Kurplatz war so viel los, dass sie problemlos im Gewimmel untertauchen konnte. Alle Bänke waren besetzt, der Schiffchenteich wurde von Kindern belagert, die ihre Boote fahren ließen, und das Kurorchester spielte gerade eine Zugabe, eine flotte Polka. Die Zuhörer klatschten begeistert mit.

Lars überquerte den Platz und bog in die Strandstraße ein. Auch hier herrschte ordentlich Betrieb, was die Beschattung erheblich erleichterte. Zwischen all den Menschen fiel Franzi gar nicht weiter auf. Sie brauchte auch nicht so viel Abstand zu halten und konnte den Verdächtigen gut im Auge behalten. Er ging die Straße hinauf und näherte sich Anja Kramers Fischgeschäft. Wollte er seine Exfreundin besuchen? Sich

vielleicht vor seiner Abreise noch von ihr verabschieden? Oder hatte er etwas anderes geplant?
Franzi folgte Lars, der tatsächlich vor *Fisch Kramer* stehen blieb und einen schnellen Blick durchs Schaufenster warf. Doch statt den Laden durch die Vordertür zu betreten, ging er auf den Hof. Franzi lief auf leisen Sohlen hinterher, duckte sich hinter den klapprigen Lieferwagen und beobachtete, wie Lars vorsichtig die Hintertür öffnete und im Haus verschwand. Franzis Herzschlag beschleunigte sich. Was hatte er vor? Wollte er wieder in Anjas Wohnung einbrechen? Aber warum? Sie nagte heftig an ihrer Unterlippe, bis sie Blut schmeckte. Was sollte sie tun? Anja Bescheid sagen? Die Polizei alarmieren? Oder Marie und Kim anrufen? Sie hatte das Handy schon in der Hand, als sie es sich anders überlegte. In ihrem Magen kribbelte es und sie hatte das untrügliche Gefühl von sich nähernder Gefahr. Sie durfte nicht länger warten! Was, wenn Lars Anja etwas antun wollte? Sie musste sofort handeln!
Franzi beschloss, ihrem Bauchgefühl zu folgen. Sie spurtete in geduckter Haltung über den Hof und schlüpfte durch die Hintertür. Im Flur blieb sie einen Moment stehen. Ihre Augen mussten sich nach dem grellen Sonnenschein erst an das Dämmerlicht im Innern des Hauses gewöhnen. Wo steckte Lars? Sie lauschte, konnte aber nichts Verdächtiges hören. War er schon auf dem Weg nach oben in die Wohnung? Moment! Was war das? Schritte näherten sich und Franzi sah sich hektisch um. Geistesgegenwärtig presste sie sich hinter einem Regal gegen die Wand und wagte kaum zu atmen. Kam Lars etwa schon wieder zurück?

Nach endlos scheinenden Sekunden wagte sie einen vorsichtigen Blick um die Ecke. Nein, es war nicht Lars, sondern Anja! Sie verschwand im Lagerraum. Franzi atmete auf. Sie wollte ihr Versteck gerade verlassen, als ein spitzer Schrei ertönte, der ihr durch Mark und Bein ging. Im ersten Moment war Franzi vor Schreck wie gelähmt. Dann sprang sie hinter dem Regal hervor und stürzte ins Lager.

»Hilfe! Was soll das? Lassen Sie mich los!«

Anja kämpfte mit einer vermummten Gestalt. Es war Lars Meinhoff, der sich wieder die Mütze mit den Sehschlitzen über den Kopf gezogen hatte. Während er seine Exfreundin mit eisernem Griff festhielt, öffnete er mit der anderen Hand eine schwere Tür mit der Aufschrift *Kühlraum*. Wollte er Anja etwa dort einsperren?

»Aufhören! Sofort!«

Franzi war mit einem Satz bei dem Angreifer und wollte ihn mit einem gezielten Tritt außer Gefecht setzen, aber Lars war schneller. Er stieß Anja in den Kühlraum und wich Franzis Angriff geschickt aus. Ihr Tritt ging ins Leere und sie verlor das Gleichgewicht. Im selben Moment verpasste Lars ihr einen kräftigen Stoß, sie taumelte über die Schwelle des Kühlraums und landete unsanft auf dem Hintern. Eine Sekunde später knallte die schwere Tür donnernd ins Schloss. Sie saßen in der Falle!

»Ich nehme erst mal ein heißes Bad.« Bibbernd schlüpfte Tessa in die Wohnung, nachdem Marie ihr aufgeschlossen hatte.
»Tu das.« Marie war auf der Türschwelle stehen geblieben. »Wir müssen gleich wieder los. Bis später!« Ehe Tessa sich nach ihren weiteren Plänen für den heutigen Tag erkundigen konnte, hatte Marie die Tür bereits hinter sich zugezogen und lief die Treppe hinunter.
Kim wartete bei den Fahrrädern. »Auf geht's!«
Marie zog ihr Smartphone hervor. »Einen Moment noch. Ich schreib schnell eine SMS an Franzi.« Ihre Finger flogen über die Tasten und sie schickte die Nachricht ab.

Sind aufgehalten worden. Fahren jetzt zu A. Was macht L.? Wo steckst du? Alles in Ordnung?

Marie und Kim rasten im Eiltempo durch den Ort. Ein paar Passanten sahen ihnen kopfschüttelnd nach. Mit quietschenden Bremsen hielten sie vor Anja Kramers Laden und Marie checkte hastig ihr Handy. Keine Nachricht von Franzi.
»Komisch«, murmelte Marie. »Warum antwortet sie nicht?«
»Vielleicht ist es gerade ungünstig«, sagte Kim. »Wer weiß, wohin sie Lars gefolgt ist.«
»Ich ruf sie jetzt an.« Marie drückte die Kurzwahltaste mit Franzis Nummer, aber statt Franzis Stimme ertönte nur eine automatische Ansage. »Mist, die Mailbox!« Marie ließ das Smartphone sinken.

»Wahrscheinlich hat sie ihr Handy ausgeschaltet, damit es während der Beschattung nicht klingelt«, vermutete Kim.
Marie schüttelte den Kopf. »Normalerweise stellt sie ihr Telefon nur stumm, wenn sie nicht gestört werden will, um trotzdem erreichbar zu sein.« Sie runzelte die Stirn. »Da stimmt was nicht!«

Franzi stand mitten im Kühlraum und zog ihr Handy aus der Hosentasche. »Keine Sorge, wir sind ganz schnell wieder an der frischen Luft«, sagte sie. »Ich ruf jetzt Kim und Marie an, damit sie uns hier rausholen.«
Anja schlang fröstelnd die Arme um den Oberkörper. »Sag ihnen, sie sollen sich beeilen, es ist verdammt kalt!«
»Wie viel Grad sind es denn?«, fragte Franzi.
»Hier im Kühlraum haben wir konstant zwei Grad.« Anja hüpfte auf und ab, um sich warm zu halten. »Das ist die ideale Temperatur, um Fisch zu lagern.«
»So bleiben wir wenigstens schön frisch«, scherzte Franzi. Doch als sie einen Blick auf das Display warf, verging ihr das Lachen. »Kein Empfang!« Sie sah sich um. »Gibt es hier nicht so was wie eine Notfall-Sprechanlage, mit der man Hilfe rufen kann?«
»Doch, natürlich, das ist Vorschrift.« Anja nickte zu einer Sprechanlage an der Wand hinüber. »Aber ich bin heute allein im Laden, darum hört es niemand, wenn das Telefon klingelt.«
»Verdammt!« Franzi steckte das Handy weg. Anja hatte recht, es war wirklich saukalt. Vor allem, wenn man nur Jeansshorts, ein ärmelloses Top und Flipflops trug, so wie

Franzi. Sie begann ebenfalls zu hüpfen. Die Bewegung half ein bisschen gegen die Kälte. Hoffentlich tauchten Kim und Marie bald auf. Und hoffentlich kamen sie auf die Idee, im Kühlraum zu suchen. Eigentlich hätten die beiden längst hier sein müssen. Wo waren sie nur?

»Geschlossen!« Verdutzt starrte Kim auf das Schild an der Tür des Fischgeschäfts.
Marie sah auf die Uhr. »Vielleicht macht Anja gerade Mittagspause.«
Kim zuckte mit den Schultern. »Dann müssen wir eben warten, bis sie zurück ist.« Sie setzte sich auf die Stufe vor dem Laden, schloss einen Moment die Augen und genoss die warmen Sonnenstrahlen auf der Haut. Wenn sie diesen Fall gelöst hatten, würde sie die restlichen Tage am Strand verbringen und endlich ihren Krimi zu Ende lesen. Herrlich!
»Franzi meldet sich immer noch nicht.« Marie schwenkte ratlos ihr Handy. Sie machte einen Schritt auf Kim zu und stellte sich genau zwischen sie und die Sonne.
Seufzend öffnete Kim die Augen. »Das ist wirklich seltsam. Hast du ihr noch eine SMS geschickt?«
Marie nickte. »Ich hab ihr geschrieben, sie soll sich sofort melden, wenn sie die Nachricht liest.« Sie strich sich eine blonde Haarsträhne hinter das Ohr. »Allmählich mache ich mir ernsthaft Sorgen. Was, wenn ihr etwas passiert ist?«

»Hoffentlich ist Marie und Kim nichts passiert.« Franzi bekam einen Krampf im Bein und hörte auf zu hüpfen. »Ich versteh einfach nicht, wo sie bleiben!«

»Und ich versteh nicht, warum Lars so was macht.« Anja zog fröstelnd die Schultern hoch. Als Franzi ihr erzählt hatte, wer unter der Wollmütze steckte, hatte sie es erst nicht glauben wollen. »Wieso hat er uns hier eingesperrt?«
»Ich dachte, du könntest mir das sagen.« Franzi massierte ihre Hände. Die Fingerspitzen fühlten sich taub an. Auch ihre Füße in den Flipflops spürte sie kaum noch. Warum hatte sie heute Morgen bloß keine Turnschuhe und dicken Socken angezogen? Warum hatte sie keine Jacke mitgenommen? Aber wie hätte sie auch ahnen sollen, dass sie heute längere Zeit in einem Kühlraum verbringen würde? »Du wusstest, dass Lars der Einbrecher in deiner Wohnung war, oder?«, sagte Franzi. Es war mehr eine Feststellung als eine Frage. »Du kennst sein Tattoo. Darum hast du so komisch reagiert, als ich es erwähnt habe.«
Anja fuhr sich mit der Zungenspitze über die Lippen, die allmählich blau wurden. »Sagen wir, ich hatte einen Verdacht.«
»Warum hast du uns nichts gesagt?«
»Ich wollte Lars nicht in Schwierigkeiten bringen.« Anja seufzte. »Wir sind zwar nicht mehr zusammen, aber ich mag ihn immer noch. Ich wollte erst selbst mit ihm reden.«
»Und? Was ist dabei herausgekommen?«
»Ich hab ihn angerufen, aber er hat den Einbruch abgestritten. Er wollte unbedingt zu mir kommen und persönlich mit mir sprechen. Aber darauf hatte ich keine Lust. Ich hab ihn abgewimmelt.«
»Wieso war er in deiner Wohnung?«, fragte Franzi. »Was hat er dort gesucht?«

Anja zuckte mit den Schultern. »Ich hab nicht die geringste Ahnung.«
»Will er sich vielleicht an dir rächen, weil du Schluss gemacht hast?«
»Nein! Wir haben gemeinsam beschlossen, unsere Beziehung zu beenden. Wir sind im Guten auseinandergegangen.«
»Dann muss etwas anderes dahinterstecken«, murmelte Franzi mit klappernden Zähnen. Die Kälte drang langsam, aber unerbittlich durch den dünnen Stoff ihres Tops und ließ das Herz in ihrer Brust zu Eis gefrieren. Wie lange würden sie es hier drinnen noch aushalten?

»Ich halte das nicht länger aus!« Marie, die sich neben Kim auf die Stufe gesetzt hatte, sprang auf. »Wir müssen etwas tun, und zwar sofort!« Zum x-ten Mal warf sie einen Blick durch die Glastür in den Laden, aber dort regte sich nichts.
Kim erhob sich ebenfalls. »Stimmt, diese Untätigkeit macht einen fertig.« Sie überlegte kurz. »Weißt du was? Lass uns zur Seehundstation fahren. Vielleicht finden wir Lars dort. Und wo Lars ist, ist auch Franzi.«
»Hoffentlich!« Maries Augen waren voller Sorge.
Schweigend radelten sie los. Kim versuchte, ruhig zu bleiben, aber sie hatte ein ungutes Gefühl. Es war nicht Franzis Art, sich einfach nicht zu melden. Es musste etwas geschehen sein.
Vor der Seehundstation stellten sie ihre Räder ab und betraten die große Eingangshalle, in der sich zahlreiche Besucher drängten. Vor der Kasse hatte sich eine lange Schlange gebildet.

Kim seufzte genervt. »Auch das noch! Das kann ja ewig dauern, bis wir dran sind!«
»Keine Sorge, ich mach das schon.« Marie ging direkt auf einen jungen Mitarbeiter am Informationsstand neben der Kasse zu.
»Hallo!« Sie schenkte ihm ein strahlendes Lächeln. Alle Anspannung und Sorge waren aus ihrem Gesicht verschwunden. Kim bewunderte ihre Freundin immer wieder dafür, wie sie auf Knopfdruck in verschiedene Rollen schlüpfen konnte. Marie wollte später Schauspielerin oder Sängerin werden, weshalb sie schon seit Jahren regelmäßig Gesangs- und Schauspielstunden nahm. Außerdem spielte sie in der Theater-AG ihrer Schule mit und hatte schon bei vielen Aufführungen auf der Bühne gestanden. Sie war ein echter Profi.
»Guten Tag!« Der junge Mann lächelte zurück. Er war höchstens zwanzig und Kim tippte darauf, dass er ein Praktikum oder ein freiwilliges ökologisches Jahr in der Station absolvierte. »Was kann ich für euch tun?«
»Wir wollen zu Lars.« Maries Stimme war eine Oktave tiefer gerutscht, wodurch sie mindestens drei Jahre älter wirkte. »Lars Meinhoff. Kennst du ihn?«
»Klar!« Der Mitarbeiter nickte. »Ich ruf ihn kurz an und sag ihm Bescheid.« Er griff nach dem Telefon.
»Nein!« Marie schüttelte hastig den Kopf. »Wir möchten ihn überraschen.« Sie machte ein geheimnisvolles Gesicht.
Der Mann zog die Augenbrauen hoch. »Seid ihr Freunde von ihm?«
»Genau!« Marie zauberte wieder ein Lächeln auf ihr Gesicht. »Lars und ich kennen uns schon ewig. Ich will mich von ihm

verabschieden, bevor er auf Weltreise geht. Deshalb bin ich mit meiner Freundin extra für einen Tag nach Langedün gekommen.«

»Na, wenn das so ist, will ich euch die Überraschung nicht verderben.« Der Mitarbeiter stellte das Telefon zurück und winkte die Mädchen durch. »Viel Spaß!«

»Danke, das ist echt nett von dir!« Marie passierte das Drehkreuz am Eingang.

Kim folgte ihr grinsend. »Das war mal wieder eine echte Meisterleistung«, stellte sie fest, als sie in den Flur einbogen, in dem sich die Verwaltung befand.

Marie machte eine wegwerfende Handbewegung. »Halb so wild.« Sie studierte die Namensschilder neben den Türen. »Hier ist es! Lars Meinhoff!«

Kim klopfte energisch und öffnete gleich darauf die Tür. Aber das Büro war leer.

»Fehlanzeige!« Marie verzog enttäuscht den Mund. »Und jetzt?«

»Wir könnten uns bei der Gelegenheit ja mal ein bisschen in Lars' Büro umsehen«, schlug Kim vor. Sie überzeugte sich mit einem schnellen Blick nach rechts und links davon, dass der Korridor leer war, und schlüpfte in den Raum.

Marie schlich hinterher und schloss die Tür. »Wonach sollen wir denn suchen?«

Kim zuckte mit den Schultern. »Keine Ahnung. Irgendwas, das aus dem Rahmen fällt und erklärt, warum Lars in Anjas Wohnung war.«

Marie seufzte. »Wir suchen also nach der berühmten Stecknadel im Heuhaufen.«

»Richtig!« Kim ging zum Schreibtisch hinüber, der penibel aufgeräumt war. »Lars scheint ein echter Ordnungsfanatiker zu sein.« Sie betrachtete die Bleistifte, die perfekt angespitzt und säuberlich neben der Schreibtischunterlage aufgereiht waren, nahm ein paar Papiere aus der Ablage und ging sie durch. Aber es waren nur uninteressante Briefe und Rechnungen.

»Seine Blumen könnte er allerdings mal wieder gießen.« Marie zupfte ein paar welke Blätter von einem verstaubten Gummibaum auf der Fensterbank. »Die Erde ist knochentrocken.« Sie drückte testweise den Daumen in die Blumenerde und stutzte. »Hier ist irgendwas Hartes!«

»Ein Düngestäbchen vielleicht«, vermutete Kim, während sie sich an den Schreibtischschubladen zu schaffen machte. In den unteren beiden lagerten größere Mengen Drucker- und Briefpapier, die oberste ließ sich nicht öffnen. »Abgeschlossen!« Kim zerrte vergeblich am Griff der Schublade und gab es schließlich frustriert auf.

Marie fingerte im Blumentopf herum. »Das ist kein Düngestäbchen.« Sie zog einen kleinen, völlig verdreckten Gegenstand aus der Erde und wischte die dunklen Krumen ab. »Ein Schlüssel!«

»Was? Zeig mal her!« Kim griff nach dem Schlüssel und säuberte ihn mit einem Taschentuch. »Ich glaube, ich weiß, wozu der gehört …« Sie steckte den Schlüssel in das Schloss der obersten Schreibtischschublade und drehte ihn herum. Es klickte leise und die Schublade öffnete sich. »Simsalabim!« Kim grinste zufrieden. »Na also, wer sagt's denn?«

»Abgefahren!« Marie wischte sich die schmutzigen Finger an

ihrer Jeans ab. »Gar kein schlechtes Versteck, das muss man Lars lassen.«
»Aber nicht gut genug für uns.« Kim nahm eine dicke Mappe aus der Schublade. Ansonsten befand sich nichts darin. »Was haben wir denn hier?« Sie öffnete die Mappe. »Kontoauszüge, wenn mich nicht alles täuscht.«
»Echt?« In Maries Stimme schwang Enttäuschung mit. »Klingt nicht gerade spektakulär. Warum hat er sie eingeschlossen und den Schlüssel seinem Gummibaum anvertraut?«
»Weiß ich noch nicht …« Kim ließ den Blick konzentriert über die Zahlenreihen gleiten. Es waren Einzahlungen und Abbuchungen vom Konto der Seehundstation. Spenden, Tierarzt- und Futterrechnungen, Strom, Gas, Wasser, Gehaltszahlungen an die Mitarbeiter und noch einiges mehr. »Scheint alles okay zu sein.« Kim blätterte um und runzelte die Stirn. »Moment mal!«
»Hast du was gefunden?« Marie sah ihr über die Schulter.
»Es gibt hier regelmäßige Abbuchungen …« Kim blätterte hektisch hin und her. »Sie gehen alle auf das Konto eines gewissen Lars Meinhoff!«
»Und was heißt das?«, fragte Marie.
»Wenn ich das richtig sehe, hat Lars sich immer wieder selbst Geld überwiesen.«
»Vielleicht sein Gehalt?«
Kim schüttelte den Kopf. »Nein, die Gehaltszahlungen laufen extra. Hier hat er sich einhundert Euro überwiesen, eine Woche später einhundertfünfzig und drei Tage später sogar zweihundert.« Sie deutete auf die Zahlen. »So geht das immer weiter!«

»Heißt das, er hat Geld unterschlagen?«
»Sieht ganz so aus.« Kim stopfte die Mappe in ihre Umhängetasche und schloss die Schublade. »Die Kontoauszüge nehmen wir mit, als Beweismittel. Wenn es wirklich stimmt, dass Lars Geld der Seehundstation veruntreut hat, ist das ein richtig dickes Ding.«
»Bestimmt wollte er damit seine Weltreise finanzieren.« Plötzlich wich alle Farbe aus Maries Gesicht. »Was, wenn Franzi dahintergekommen ist und ihn zur Rede gestellt hat?«
»Du meinst … er hat ihr vielleicht etwas angetan, um seine Tat zu vertuschen?« Kim schluckte. Ihr wurde flau im Magen. Der Gedanke, dass Franzi etwas Schlimmes passiert sein könnte, war einfach unerträglich.
Marie zuckte hilflos mit den Schultern. »Eigentlich hat er auf mich nicht wie jemand gewirkt, der gewalttätig werden könnte, aber wir haben ihn ja nur dreimal gesehen.«
»Wir müssen zu Anja!« Kim sprang auf. »Sie ist die Einzige, die uns sagen kann, wie Lars in so einer Situation reagieren würde. Schließlich waren die beiden bis vor Kurzem ein Paar.«
Die Detektivinnen verließen unauffällig das Büro und rannten zu ihren Fahrrädern. Rekordverdächtige siebeneinhalb Minuten später standen sie vor der Tür des Fischladens.
»Immer noch geschlossen«, stellte Kim fest.
»Das gibt's doch nicht!« Marie trommelte mit beiden Händen gegen die Tür. »Wir sind's, Anja! Mach sofort auf!«
Nichts regte sich.
Kim warf einen Blick auf die Uhr. »Die Mittagspause ist längst vorbei. Hier stimmt was nicht!«
Marie ließ die Arme sinken. »Was zum Teufel ist hier los?«

Erst kalt, dann warm

Kalt, kalt, kalt!
Franzi konnte an nichts anderes mehr denken als an die Kälte, die ihren Körper langsam erstarren ließ. Sie fühlte sich wie ein lebendiger Eiszapfen. Wann kam endlich Hilfe? Sie versuchte, noch ein bisschen zu hüpfen, aber es ging nicht, sie hatte kein Gefühl mehr in den Beinen. Sie schlang die nackten Arme um den Oberkörper, um den letzten Rest Wärme in ihrer Brust so lange wie möglich festzuhalten.
»Warum hast du uns eigentlich angelogen?«, fragte sie unvermittelt, um sich abzulenken.
Anja sah überrascht auf. »Angelogen?«
»Die Sache mit dem Kino.« Das Sprechen fiel Franzi schwer. Ihre Lippen fühlten sich taub an und ihre Zunge machte nicht das, was sie sollte. »Sonntagabend war das Kino zu. Ein technischer Defekt.«
»Das habt ihr auch schon rausgefunden?« Anja rieb sich über die Oberarme. Sie hatte eine Gänsehaut und zitterte am ganzen Körper. »Ihr seid wirklich ganz schön clever.«
Franzi versuchte ein Lächeln, aber es misslang. »Wo warst du wirklich?«
Anja seufzte. »Es stimmt, ich war nicht im Kino. Das war nur eine Notlüge. Mir ist so schnell nichts anderes eingefallen. Dass das Kino geschlossen hatte, hab ich leider erst hinterher erfahren.« Sie zögerte. »Ich kann dir nicht verraten, wo ich war.«
»Warum nicht?«

»Das ist privat.« Anja wich Franzis Blick aus.
Franzi wollte nachhaken, aber ihre Lippen gehorchten ihr nicht mehr. Sprechen war zu anstrengend. Sie hatte keine Kraft mehr. Sie dachte an Kim und Marie. Und an Blake. Ob sie ihre Freunde jemals wiedersehen würde? Sie hätte gerne geweint, aber selbst ihre Tränen waren eingefroren. Nur ein Wort hatte noch Platz in ihrem Kopf:
Kalt, kalt, KALT!

»Ich hab's gleich!« Marie stocherte mit ihrer Haarnadel im Schloss herum, aber die Tür sträubte sich.
»Schnell!«, drängte Kim hinter ihr.
Marie versuchte, die Panik auszublenden, die ihr wie eine kalte Hand im Nacken saß und immer fester zudrückte. Sie musste sich konzentrieren, sonst bekam sie dieses dämliche Schloss nie auf. Mit viel Fingerspitzengefühl drehte sie die Haarnadel hin und her. Da! Plötzlich ertönte ein leises Klicken und die Tür schwang auf. »Geschafft!« Marie sprang auf und steckte die Haarnadel ein.
»Super!« Kim hielt ihr die Hand hin und Marie klatschte ein. Die Detektivinnen stürzten in den Laden.
»Hallo?«, rief Marie. »Ist hier jemand?«
Keine Antwort.
»Anja?«, rief Kim. »Wo steckst du?«
Alles blieb still.
»Vielleicht ist sie oben in der Wohnung.« Marie lief sofort los. Durch den Flur ins Treppenhaus und die Stufen hinauf, immer zwei auf einmal. Die Stille des Hauses dröhnte in ihren Ohren. In ihrem Kopf schrillten sämtliche Alarm-

glocken. Irgendetwas stimmte hier ganz gewaltig nicht. Wo war Anja? Wo steckte Franzi? Wohin war Lars verschwunden?
»Die Wohnungstür ist offen!«, keuchte Kim hinter ihr.
Marie zögerte keine Sekunde. Ehe ihr Gehirn anfangen konnte, ihr die schrecklichsten Szenen vorzugaukeln, die sie in der Wohnung vorfinden könnte, hatte sie die Türschwelle schon übertreten, war erst in den Flur, dann in die Küche, ins Schlafzimmer, Bad und schließlich ins Wohnzimmer gestürzt. Nichts!
»Niemand da«, stellte Kim überflüssigerweise fest. Sie ließ sich in einen Sessel fallen.
Marie blieb mitten im Wohnzimmer stehen. Sie war gleichzeitig erleichtert und enttäuscht. Wo sollten sie noch nach Franzi suchen? Während die Gedanken in ihrem Kopf wild durcheinanderpurzelten, wanderte ihr Blick über die kahle Wohnzimmerwand. Das Bücherregal war nicht mehr da. Hatte Anja nicht erzählt, sie wolle es verkaufen? Offenbar hatte sie inzwischen einen Käufer gefunden.
»Was machen wir jetzt?«, fragte Kim.
Ihre Stimme riss Marie aus ihren sinnlosen Grübeleien. Sie zuckte mit den Schultern.
Die Stille kehrte zurück und senkte sich wie eine schwere Decke über den Raum. Marie konnte keinen klaren Gedanken mehr fassen. Die Panik drückte mit voller Kraft zu und nahm ihr die Luft zum Atmen. Marie keuchte. Ein Stöhnen drang an ihre Ohren. Würde sie etwa gleich in Ohnmacht fallen? Nein, nur das nicht! Sie holte tief Luft und atmete langsam wieder aus. Wieder dieses Stöhnen. Marie stutzte. Das kam nicht von ihr!

Kim hatte es ebenfalls gehört. Sie setzte sich mit einem Ruck auf und lauschte. »Was war das?«
»Da ist jemand!« Marie folgte dem Geräusch quer durch die Wohnung bis ins Treppenhaus.
»Es kommt von unten!«, flüsterte Kim.
Marie nickte. Auf Zehenspitzen schlichen sie die Treppe hinunter, erst ins Erdgeschoss, dann weiter in den Keller. Je lauter das Stöhnen wurde, desto heftiger klopfte Maries Herz. Sie nahm all ihren Mut zusammen und warf einen Blick um die Ecke. Im Schein der nackten Glühbirne an der Kellerdecke sah sie eine am Boden kauernde Gestalt.
»Franzi?«, fragte Marie heiser.
Die Gestalt zuckte zusammen und wandte den Kopf. Es war nicht Franzi.
»Lars!«, rief Kim überrascht. »Was machst du hier?«
»Ich bin die Kellertreppe runtergefallen und hab mir den Fuß verknackst«, erklärte Lars mit gepresster Stimme. »Wenn ich auftrete, tut es höllisch weh.«
»Wo ist Franzi?«, fragte Marie scharf.
Lars senkte den Kopf und schwieg.
Kim stemmte die Hände in die Hüften. »Jetzt red endlich! Du weißt doch, wo sie ist, oder?«
Lars reagierte nicht.
Marie zuckte mit den Schultern. »Dann eben nicht. Komm, Kim, wir hauen ab.«
»He, ihr könnt mich doch nicht hier zurücklassen!«, rief Lars.
»Dann sag uns endlich, wo Franzi ist!«
»Ich … ich … ich wollte das alles nicht«, stammelte Lars. »Es war eine Kurzschlussreaktion, das müsst ihr mir glauben!«

Kim und Marie wechselten einen alarmierten Blick. Marie baute sich direkt vor Lars auf. Am liebsten hätte sie ihn ordentlich durchgeschüttelt, damit er endlich Klartext redete.
»WO IST FRANZI?«, brüllte sie.
»Ich hab sie und Anja im Kühlraum eingesperrt«, murmelte Lars.
»WAS?« Kim wurde blass. »Wann?«
Lars zuckte mit den Schultern. »Ist schon eine Weile her …«
Kim und Marie stürmten gleichzeitig los.

Franzi war an der Wand heruntergerutscht und saß auf dem kalten Boden. Ihre Arme hatte sie um die nackten Knie geschlungen und das Zittern hatte aufgehört. Sie war jetzt ganz ruhig. Ihr Herz klopfte langsam und ihre Atmung ging flach. Kaum merklich glitt sie in einen seltsamen Traum.
Sie war im Hauptquartier. Es war Winter. Draußen schneite es dicke Flocken. Der Bollerofen im Pferdeschuppen lief auf Hochtouren und verbreitete wohlige Wärme. Franzi saß auf ihrem Lieblingsplatz direkt neben dem Ofen und wärmte sich die Hände. Neben ihr auf dem Tisch dampfte eine Tasse heißer Holunderbeerpunsch. Plötzlich flog ein Schneeball gegen das kleine Fenster. Und noch einer. Es krachte dumpf. Franzi grinste. Das waren bestimmt Kim und Marie. Ob sie eine Schneeballschlacht machten? Franzi wäre gerne aufgestanden und zu ihnen nach draußen gegangen, aber sie war zu müde. Viel zu müde. Sie hörte, wie ihr Name gerufen wurde.
Franzi, Franzi!
Ja, ich komme gleich!, wollte sie antworten, doch ihre Stimme gehorchte ihr nicht.

»Franzi!«
Jemand rüttelte unsanft an ihrer Schulter und sie öffnete die Augen.
»Kim! Marie!« Franzi lächelte. »Wollen wir eine Schneeballschlacht machen?«
»Sie fantasiert.«
Warum klang Maries Stimme so besorgt? Es war doch alles gut … oder etwa nicht? Franzi sah sich um. Plötzlich holte die Realität sie wieder ein. Sie saß nicht im Hauptquartier, sondern im Kühlraum von Anjas Fischladen. Und ihr war unsagbar kalt.
»Kannst du aufstehen?« Kim griff nach ihrem Handgelenk und zog sie vorsichtig hoch.
Franzi schlang die Arme um Kims Hals und schmiegte sich an ihre Freundin. »Schön warm!«, nuschelte sie. »Fast wie der Bollerofen.«
»Danke.« Kim grinste schief. »Mit einem Ofen bin ich noch nie verglichen worden. Ich nehm das mal als Kompliment.«
Vor lauter Erleichterung kamen Franzi fast die Tränen. Es war so schön, Kims und Maries Stimmen zu hören und ihre vertrauten Gesichter zu sehen.
»Gut, dass ihr da seid.« Anja nickte Kim und Marie dankbar zu. Sie schaffte es, sich alleine aufzurappeln, und ging steifbeinig zur Tür. »Jetzt aber nichts wie raus hier!«

Fall gelöst!

Eine Viertelstunde später hatten sich alle in Anjas Wohnzimmer versammelt. Franzi und Anja saßen auf dem Sofa unter einer Heizdecke, die Anja für kalte Insel-Wintertage in ihrem Bettkasten aufbewahrte. Außerdem hatte Kim zwei Wärmflaschen gemacht und eine Kanne Tee gekocht.

Lars hockte wie ein Häufchen Elend auf einem Sessel. Sein Bein hatte er hochgelegt, der Knöchel war stark geschwollen. Nach der Rettungsaktion im Kühlraum waren Kim und Marie in den Keller zurückgekehrt und hatten Lars aus seiner misslichen Lage befreit. Er war, gestützt von den beiden Detektivinnen, auf einem Bein die Stufen hinaufgehüpft und hatte dabei ziemlich gestöhnt. Aber Franzis Mitleid hielt sich in Grenzen. Was er ihr und Anja angetan hatte, würde sie nicht so schnell vergessen.

Franzi nippte an ihrem Becher, aus dem fruchtig duftender Dampf aufstieg. »Was ist das für ein Tee?«

»Holunderbeere, glaub ich«, antwortete Kim. »Hab ich in Anjas Küchenschrank gefunden.«

Franzi grinste in sich hinein. Sie stellte den Becher zurück auf den Tisch und kuschelte sich wohlig unter die Decke. Allmählich zog sich die Kälte aus ihrem Körper zurück. Finger und Zehen kribbelten noch leicht, davon abgesehen fühlte sie sich fast wieder fit.

»Sollen wir wirklich keinen Arzt holen?«, fragte Marie.

»Nein, so schlimm ist es nicht.« Anja trank einen Schluck Tee. Ihre Lippen hatten inzwischen ihren normalen Farbton angenommen und die Gänsehaut war verschwunden. »Zum Glück herrschen im Kühlraum ja keine Minustemperaturen.«

»Trotzdem hätte das böse ausgehen können«, sagte Kim. »Ich bin echt froh, dass ihr glimpflich davongekommen seid.«

Franzi nieste dreimal hintereinander und putzte sich ausgiebig die Nase.

»Abgesehen von einem kleinen Schnupfen vielleicht.« Marie grinste. Dann wurde sie wieder ernst und warf einen Blick zu Lars hinüber, der sich nicht traute, einer von ihnen in die Augen zu blicken. »Lars muss auf jeden Fall zum Arzt.«

»Vorher hätte ich allerdings gern noch ein paar Antworten«, sagte Anja. Ihre Stimme klang so scharf wie ein Eissplitter. »Warum hast du uns eingesperrt?« Sie starrte Lars wütend an. »So eine fiese Aktion hätte ich dir echt nicht zugetraut!«

Lars ließ den Kopf hängen. »Es … es tut mir leid«, murmelte er. »Ich wollte das alles nicht!«

»Ach, dann waren also höhere Mächte im Spiel, als du in meine Wohnung eingebrochen bist und Franzi und mich in den Kühlraum gestoßen hast, oder wie?« Anjas Stimme triefte vor Sarkasmus. »Mensch, das war lebensgefährlich, du Idiot!«

Lars seufzte. »Glaub mir, wenn es ginge, würde ich alles rückgängig machen. Ich weiß auch nicht, was in mich gefahren ist …«

»Jetzt komm endlich zum Punkt«, unterbrach ihn Marie. »Dein Gejammer bringt uns nicht weiter.«

»Hat es vielleicht etwas hiermit zu tun?« Kim zog eine Mappe aus ihrer Umhängetasche und schwenkte sie hin und her.

Lars wurde blass. »Was … wie … woher hast du das?«

»Aus deinem Büro.« Kim legte die Mappe auf den Tisch. »Marie und ich haben uns dort vorhin etwas umgesehen. Die Kontoauszüge in der Mappe sind wirklich sehr interessant.«
»Wieso?«, fragte Franzi ratlos. Sie verstand kein Wort. »Was ist damit?«
»Lars hat Geld veruntreut«, erklärte Marie. »Er hat regelmäßig Spendengelder für die Seehundstation auf sein eigenes Konto überwiesen.«
»Du wolltest damit deine Weltreise bezahlen, oder?«, fragte Kim.
Lars nickte kaum merklich.
»Was?« Franzi klappte fast die Kinnlade herunter. »Du hast Spenden geklaut, die für die Seehunde gedacht waren? Wie gemein ist das denn?«
»Sag bitte, dass das nicht wahr ist.« Anja war so weiß wie die Wand. »Ich kann einfach nicht glauben, dass du so etwas getan hast.«
»Es stimmt. Leider.« Lars sprach so leise, dass Franzi ihn kaum verstehen konnte. »Die Weltreise ist doch mein Lebenstraum! Aber ich hab das Geld dafür einfach nicht zusammenbekommen. Also habe ich angefangen, kleinere Summen vom Konto der Station auf mein eigenes zu überweisen.«
»Und das hat niemand gemerkt?«, fragte Anja ungläubig.
Lars zuckte mit den Schultern. »Ich hab mich selbst gewundert, wie leicht es ging. Nach dem ersten Mal habe ich mich kaum ins Büro getraut. Ich dachte, ich bin garantiert aufgeflogen und die Polizei steht schon neben meinem Schreibtisch. Aber es ist nichts passiert.«
»Also hast du es wieder getan«, stellte Marie fest.

»Und wieder und wieder und wieder.« Lars' Stimme war jetzt nur noch ein Flüstern. »Bis ich genug Geld hatte.«
»Und dann?«, fragte Kim.
»Ich hab das Geld hier in der Wohnung versteckt.«
»Was?« Anja setzte sich mit einem Ruck auf. »Bei mir?«
Lars wich ihrem Blick aus. »Ich dachte, hier ist es sicher.«
»Du spinnst ja!« Anja war so empört, dass sie nach Luft schnappte. »Wie konntest du nur? Mir gestohlenes Geld unterschieben, das ist ja das Allerletzte!«
»Wo genau hast du das Geld versteckt?«, fragte Marie.
»In der Bodenabdeckung des Bücherregals.« Lars bewegte sein verletztes Bein und stöhnte leise. »Als Anja und ich uns getrennt haben, hab ich es erst mal hiergelassen, weil mir auf die Schnelle kein anderer Platz eingefallen ist. Ich wollte es später holen.«
»Aber dann hat Anja beschlossen, ihr Bücherregal zu verkaufen«, sagte Franzi. Wieder fielen ein paar Puzzleteile an ihren Platz. »Darum bist du in ihre Wohnung eingebrochen! Du wolltest dein Geld retten, bevor das Regal abgeholt wird.«
»Ich hab keinen anderen Ausweg gesehen«, gab Lars zu. »Anja hat mich ja nicht mehr in die Wohnung gelassen.«
»Deshalb wolltest du mich also ständig treffen!« Auch Anja schien gerade einiges klar zu werden. »Von wegen, wir müssen uns noch mal gründlich aussprechen. Das war alles nur ein Vorwand! Damit du dein ergaunertes Geld aus meiner Wohnung holen kannst!«
»Du hast dich spätabends vor Anjas Wohnung herumgetrieben und schließlich beschlossen, bei ihr einzubrechen, während Anja unten im Laden ist«, folgerte Kim.

»Aber der Einbruch ging schief«, fuhr Franzi fort. »Wir haben dich überrascht und du musstest ohne Geld fliehen.«
Lars nickte. »Die Zeit wurde allmählich knapp, darum bin ich irgendwie in Panik geraten.«
»Du wolltest die Sache endlich zu Ende bringen«, sagte Franzi. »Darum hast du Anja vorhin im Lager aufgelauert.«
»Ich wollte sie eigentlich nur ganz kurz im Kühlraum einsperren«, beteuerte Lars. »Nur so lange, bis ich das Geld geholt habe.«
»Aber dann bin ich dir in die Quere gekommen und du hast mich kurzerhand mit eingesperrt.« Franzi fröstelte. Bei der Erinnerung an den Kühlraum kroch ihr eine Gänsehaut über den Rücken.
»Und in der Wohnung musstest du feststellen, dass das Regal nicht mehr da ist.« Marie nickte zu der kahlen Wand hinüber.
»Ich hab das alte Ding gestern in den Keller geräumt«, sagte Anja. »Dort steht es nicht im Weg rum, bis sich ein Käufer findet.«
»Ich bin fast durchgedreht!« Lars verbarg das Gesicht in den Händen. »Das ganze Risiko, die heimlichen Überweisungen, die Angst – alles umsonst! Im ersten Moment dachte ich, das Geld ist weg und ich kann meine Weltreise vergessen.«
»Aber dann bist du auf die Idee gekommen, im Keller nachzusehen«, sagte Kim.
»Leider hattest du es etwas zu eilig«, stellte Franzi mit Blick auf Lars' geschwollenen Knöchel fest.
»Ich bin auf den ausgetretenen Stufen ausgerutscht und gestürzt.« Lars verzog das Gesicht. »Ich hab versucht, wieder auf die Beine zu kommen, aber es ging nicht.« Er wandte

sich an Anja. »Wenn das nicht passiert wäre, hätte ich euch ganz schnell wieder aus dem Kühlraum befreit.«

Anja schnaubte empört. »Na toll, soll ich dir jetzt auch noch dankbar sein, oder was?«

»Es war nicht meine Absicht, euch so lange da drin einzusperren, das musst du mir glauben!« Er warf ihr einen flehenden Blick zu. »Kannst du mir verzeihen?«

Anja dachte eine Weile nach, bevor sie antwortete. »Vielleicht irgendwann. Im Moment bin ich einfach noch zu geschockt.«

Kim zog ihr Handy aus der Hosentasche. »Ich rufe jetzt einen Arzt und die Polizei.«

Lars sackte in sich zusammen, leistete aber keinerlei Widerstand. Er schien sich in sein Schicksal ergeben zu haben. Statt auf große Fahrt würde es für ihn jetzt erst mal auf die Polizeistation und dann vor Gericht gehen. Dem Vogel waren die Flügel gestutzt. Er würde so bald nicht in die weite Welt hinausfliegen.

Franzi lehnte sich zurück und stieß einen tiefen Seufzer aus. Der Fall war gelöst! Wie gut, dass ihnen noch ein paar Tage auf Langedün blieben. Nach den aufreibenden Ermittlungen war sie eindeutig ferienreif!

Detektivtagebuch von Kim Jülich

Freitag, 9:01 Uhr

Ende gut, alles gut! Vor drei Tagen haben wir unseren Insel-Fall aufgeklärt und den Täter der Polizei übergeben. Lars war ziemlich fertig mit den Nerven. Wir haben inzwischen mit Kommissar Meinardus gesprochen, der Lars gründlich verhört und ihn

anschließend wieder nach Hause geschickt hat, weil keine akute Fluchtgefahr besteht. Lars hat sofort alles gestanden. Jetzt pflegt er seinen verstauchten Fuß und wartet auf seine Gerichtsverhandlung. Er wird wohl wegen Unterschlagung angeklagt. Anja hat beschlossen, auf eine Anzeige zu verzichten. Sie ist zwar stinksauer auf ihn, weil er das unterschlagene Geld bei ihr versteckt und sie und Franzi in den Kühlraum gesperrt hat, aber sie meinte, Lars sei schon gestraft genug. Seine Weltreise kann er jetzt nämlich erst mal vergessen und seinen Job in der Seehundstation ist er auch los. Ihm wurde fristlos gekündigt.
Das Geld steckte wirklich noch in dem Versteck unter der Bodenabdeckung des Bücherregals. Franzi, Marie und ich haben es aus dem Keller geholt und Herrn Meinardus übergeben. Inzwischen hat die Seehundstation es zurückbekommen, sodass es jetzt doch noch den Seehunden zugutekommt. Juchhu!
Übrigens will Anja auch Hein Heinrichsen und Alina nicht anzeigen. Das finde ich echt nett von ihr! Hier auf der Insel regelt man so was offenbar lieber unter sich. Der Fischhändler hat inzwischen alle Plakate abgenommen, außerdem haben er und Alina sich bei Anja entschuldigt. Herr Heinrichsen war so erleichtert, weil er und seine Tochter keinen Ärger mit der Polizei bekommen, dass er Anja in Zukunft bestimmt nicht mehr in die Quere kommen wird.
Wie gesagt: Ende gut, alles gut!

Geheimes Tagebuch von Kim Jülich
Freitag, 9:18 Uhr
Achtung, Achtung, letzte Durchsage: Unbefugte Leser werden aufgefordert, das unbefugte Lesen sofort zu unterlassen.

Ansonsten gehen sie über die Planke und werden Fischfutter oder Poseidons Sklaven, die für immer und ewig in den düsteren Tiefen des Meeres den Dreizack des Meergottes polieren müssen. Ich sag's euch, das ist kein Vergnügen!

Heute fahren wir wieder zurück nach Hause. Schade!!! Aber die letzten Tage haben wir in vollen Zügen genossen. Endlich konnten wir ausgiebig am Strand faulenzen, im Meer schwimmen und gemütlich in der Sonne liegen. Ich hab meinen Krimi zu Ende gelesen (war superspannend), Marie hat tatsächlich noch zwei Surfstunden genommen (und heftig mit ihrem Surflehrer geflirtet ;-)) und Franzi hat sich von ihrem unfreiwilligen Aufenthalt im Kühlraum erholt. Die Arme musste bei diesem Fall ganz schön was mitmachen. In der ersten Nacht hatte sie einen Albtraum, aber inzwischen hat sie alles gut verarbeitet und ist wieder die Alte.

Kommende Woche findet endlich das nächste Workshop-Treffen statt. Ich kann's kaum erwarten, Sebastian wiederzusehen! Was er wohl zu meinem Seehund-Thema sagen wird? Ich hab in den letzten Tagen eine Menge Informationen über die Tiere gesammelt und ein kurzes Interview mit Anja über ihre Arbeit als Seehundjägerin geführt. Sebastian wird Augen machen! Und mir vielleicht wieder auf diese ganz spezielle Sebastian-Art zulächeln …

Ein Maskottchen für den Club

Franzi stopfte die letzten Klamotten in ihren Koffer, klappte den Deckel herunter und ließ sich schwungvoll auf dem Gepäckstück nieder, um den Reißverschluss zuzuziehen, der leider etwas klemmte. Sie hatte jedes Mal Angst, der Koffer könnte kaputtgehen und all ihre Sachen auf dem Boden landen – am besten mitten auf der überfüllten Fähre vor allen Leuten …

»Geschafft!«, seufzte Franzi erleichtert. »Seid ihr so weit? Wenn wir noch zu Anja wollen, bevor wir abreisen, sollten wir langsam los.«

»Bin gleich fertig!« Maries roter Rollkoffer stand schon gepackt vor der Zimmertür. Jetzt war sie gerade dabei, ihre diversen Styling-Artikel in ihrem farblich zum Koffer passenden Beautycase zu verstauen.

Kim schrieb noch eifrig in ihr Tagebuch. Dabei tauchte sie immer völlig ab und nahm nichts anderes in ihrer Umgebung wahr.

»Erde an Kim!«, rief Franzi. »Wir wollen los!«

Kim zuckte zusammen und warf Franzi einen vorwurfsvollen Blick zu. »Musst du mich so erschrecken? Bin ja schon fertig!« Sie klappte das Heft zu und verstaute es sorgfältig in ihrer Umhängetasche.

Fünf Minuten später waren die drei !!! startklar. Franzi warf einen letzten prüfenden Blick in ihr Zimmer. »Nichts vergessen? Dann los!«

Sie trugen ihr Gepäck die Treppe hinunter und ließen es neben dem Auto stehen. Tessa würde es später mit zum Hafen nehmen, von wo aus sie alle zusammen mit der nächsten Fähre zurück zum Festland fahren würden.

»Es freut mich total für Tessa, dass sie auf dem Drachenfestival so viele T-Shirts verkauft hat«, sagte Franzi, während sie neben ihren Freundinnen über den Bürgersteig schlenderte.

Marie nickte. »Ja, ihr Stand war ein voller Erfolg. Die neue Kollektion ist super angekommen.«

»Wenn das so weitergeht, kann sie ihren Job als Kamerafrau bald an den Nagel hängen und hauptberuflich Designerin werden«, stellte Kim fest.

»Ich glaube nicht, dass sie das vor hat«, sagte Marie. »Tessa mag beide Berufe. Sie liebt die Abwechslung.«

Franzi atmete tief die salzige Seeluft ein. Es war ein herrlicher Tag: Am blauen Himmel kreisten Möwen, die Sonne schickte ihre warmen Strahlen auf die Insel und eine leichte Brise zerzauste Franzis rote Haare. Wie schade, dass sie heute schon abreisen mussten!

Die Detektivinnen bogen in die Strandstraße ein, wo gerade die ersten Geschäfte öffneten. Die Verkäuferin eines Outdoor-Bekleidungsgeschäfts rollte einen Ständer mit Regenjacken auf den Bürgersteig, die Eisengitter vor dem Schaufenster des Juweliers fuhren ratternd nach oben und die Kellnerin des Eiscafés wischte die Tische und Stühle ab, die noch feucht vom Morgentau waren.

»Seht mal!« Marie blieb vor dem Fischladen stehen und zeigte auf ein Plakat an der Tür.

PODIUMSDISKUSSION
ZUM THEMA:

Heuler in Not – Hilfe für die Seehunde!

Es diskutieren:
Thomas Jakobi (Vorsitzender des Tierschutzvereins)
Anja Kramer (Seehundjägerin)
Markus Sägemüller (Leiter der Seehundstation Langedün)
Patrizia Braun (Tierärztin)

Moderation:
Henning Jakobi

Mittwoch, 21. Juni, 20.00 Uhr
Haus des Kurgastes

EINTRITT FREI

»Wie spannend«, sagte Kim.

Franzi grinste. »Da wäre ich gerne dabei. Anja und Thomas Jakobi zerreißen einander bestimmt in der Luft!«

Die Detektivinnen betraten den Laden. Anja säuberte gerade die gläserne Theke und winkte den Mädchen gut gelaunt zu.

»Guten Morgen! So früh schon unterwegs?«

»Wir wollten uns verabschieden«, sagte Franzi. »Wir fahren heute nach Hause.«

»Richtig!« Anja warf den Putzlappen in den Eimer und zog die Gummihandschuhe aus. »Schade, dass ihr nicht noch etwas bleiben könnt.«

»Ja, ganz besonders, weil wir jetzt die Podiumsdiskussion verpassen.« Marie deutete mit dem Daumen über die Schulter zur Tür. »Du und Thomas Jakobi auf ein und demselben Podium – gibt das nicht Mord und Totschlag?«
Anja lachte. »Das wird sich zeigen. Aber ob du es glaubst oder nicht: Thomas und ich haben die Veranstaltung gemeinsam geplant.«
»Ehrlich?« Franzi zog die Augenbrauen hoch. »Wie ist es denn dazu gekommen?«
»Ich habe ihn angerufen und um ein Gespräch gebeten.« Anja grinste. »Er war ziemlich überrascht, hat sich aber schließlich darauf eingelassen. Die Idee mit der Podiumsdiskussion kam von ihm. Ich hoffe, ich kann bei der Gelegenheit ein paar Missverständnisse über meine Arbeit ausräumen und die Leute über den richtigen Umgang mit Seehunden und Heulern aufklären.«
»Finde ich gut«, sagte Kim. »Schließlich geht es dir und den Tierschützern ja eigentlich um dasselbe: Ihr wollt die Seehunde so gut wie möglich schützen.«
»Genau!« Anja nickte.
Das Glöckchen an der Tür bimmelte.
»Guten Morgen!« Ein junger Mann mit kurzen, rotblonden Haaren und kantigem Gesicht betrat den Laden. Franzi brauchte einen Moment, um ihn einzuordnen. Es war der Sohn von Thomas Jakobi!
»Hallo, Henning!« Anja strahlte ihn an. Er trat zu ihr hinter die Theke und begrüßte sie mit einem Kuss auf den Mund.
»Äh – Moment mal …« Marie runzelte die Stirn. »Seid ihr beiden etwa zusammen?«

Eine leichte Röte stieg Anja ins Gesicht. »Ja, das sind wir«, bestätigte sie lächelnd.
»Ist ja ein Ding!«, platzte Franzi heraus, woraufhin alle lachen mussten.
»Wir sind schon seit einer Weile ein Paar, aber bis vor ein paar Tagen durfte das niemand wissen«, erklärte Henning und legte den Arm um Anja.
»Warum denn nicht?«, fragte Kim.
»Henning hatte Angst vor der Reaktion seines Vaters«, antwortete Anja. »Ich war schließlich bisher so eine Art rotes Tuch für ihn.«
»Oje, das war bestimmt nicht leicht für euch, oder?«, sagte Marie mitfühlend.
»Nein, gar nicht.« Anja verzog das Gesicht. »Das ständige Versteckspiel hat mich völlig fertiggemacht. Andauernd musste ich alle in meinem Umfeld anlügen, auch euch!«
»Darum warst du also dagegen, dass wir nach dem Einbruch in deine Wohnung die Polizei informieren. Und deshalb hast du uns auch die Geschichte mit dem Kino erzählt«, kombinierte Franzi. »In Wirklichkeit warst du mit Henning zusammen!«
»Genau.« Anja seufzte. »Wir hatten an dem Abend einen heftigen Streit, weil ich wollte, dass er endlich zu mir steht und wir offen mit unserer Beziehung umgehen.«
»Und?«, fragte Kim gespannt.
»Er hat sich nicht getraut.« Anja warf ihrem Freund einen vorwurfsvollen Blick zu. »Also hab ich die Gelegenheit genutzt, als ich mit Thomas die Podiumsdiskussion geplant habe, und ihm von Henning und mir erzählt.«

»Wie hat er reagiert?«, wollte Franzi wissen.
»Ganz okay.« Henning fuhr sich über seinen Dreitagebart. »Erst war er ziemlich überrascht, aber ich denke, mit der Zeit wird er damit klarkommen.« Er drückte Anja an sich. »Und wir brauchen uns endlich nicht mehr zu verstecken.«
»Glückwunsch!« Marie lächelte. »Das freut mich für euch.«
Franzi warf einen Blick auf die Uhr. »Leute, wir müssen weiter! Es gibt schließlich noch jemanden, von dem wir uns verabschieden wollen.«

Eine Viertelstunde später betraten die drei !!! die Seehundstation. In der Eingangshalle wurden sie bereits erwartet.
»Ihr müsst die drei jungen Detektivinnen sein!« Ein Mann mittleren Alters mit schwarzen Haaren und Vollbart kam den Mädchen entgegen und streckte ihnen lächelnd die Hand hin. »Unser Inselpolizist hat mir schon viel von euch erzählt. Ich bin Markus Sägemüller, der Leiter der Seehundstation. Toll, dass ihr vor eurer Abreise noch mal vorbeischaut!«
»Wir müssen uns doch von dem kleinen Seehund verabschieden!« Franzi schüttelte die Hand des Stationsleiters. »Wie geht es ihm?«
»Der Heuler hat sich prima entwickelt. Wollt ihr ihn sehen?«
Die drei !!! nickten und Markus Sägemüller führte sie zu einer großen Glasscheibe, hinter der sich das mit Meerwasser gefüllte Außenbecken befand. Darin tummelten sich zahlreiche Seehunde.
»Welcher ist es denn?«, fragte Kim.
»Franzi schwimmt dort hinten.« Herr Sägemüller zeigte auf

einen kleinen Seehund, der sich gerade mit einem Artgenossen im Wasser kabbelte.

»Hä?« Franzi zog die Augenbrauen hoch.

Der Stationsleiter lächelte. »So heißt der Heuler. Wir taufen die Tiere oft nach ihrem Finder. Oder die Paten dürfen den Namen aussuchen. In diesem Fall hat Anja Kramer deinen Namen vorgeschlagen.«

»Wow!« Franzi grinste wie ein Honigkuchenpferd. Sie konnte es noch gar nicht richtig fassen. Ein Seehund, der ihren Namen trug! »Das ist ja eine tolle Überraschung!«

»Und es ist nicht die einzige«, sagte Markus Sägemüller geheimnisvoll. »Ich hab mir noch etwas für euch überlegt. Als kleines Dankeschön für die Rettung unserer Spendengelder dürft ihr an der nächsten Auswilderungsfahrt teilnehmen.«

»Auswilderungsfahrt? Was ist das?«, fragte Marie.

»Wenn die Seehunde genug Gewicht zugelegt haben, werden sie mit einem Schiff zu einer Sandbank gebracht und in der Nordsee ausgewildert«, erklärte der Stationsleiter. »An Bord sind eigentlich nur die Tierpfleger und die Paten der Seehunde erlaubt. Aber beim nächsten Mal seid ihr auch dabei und könnt miterleben, wie die kleine Franzi in die Freiheit entlassen wird.«

»Super!« Franzi klatschte begeistert in die Hände. »Darauf freue ich mich jetzt schon.«

»Das ist wirklich nett, vielen Dank«, sagte Kim.

»Ich habe zu danken«, erwiderte Herr Sägemüller. »Wir betreiben diese Station mit Eintrittsgeldern und Spenden. Ohne dieses Geld könnten wir die Station bald dichtmachen. Darum sind wir euch wirklich sehr dankbar für eure Hilfe.«

»Gern geschehen.« Marie lächelte.
»Wir sehen uns also hoffentlich bald wieder, wenn die Seehunde ausgewildert werden. Ihr könnt übrigens auch gerne eure Familien oder Freunde mitbringen.« Der Stationsleiter verabschiedete sich und kehrte in sein Büro zurück.
Franzi beobachtete verzückt den Heuler hinter der Scheibe. Die kleine Franzi schwamm fröhlich im Meerwasser herum und spielte mit den anderen Seehunden. Wie gut, dass sie rechtzeitig am Strand gefunden worden war und hier in der Station Hilfe bekommen hatte.
Franzi zog ihr Handy hervor, machte ein Foto von ihrer Namensvetterin und schickte es Blake. Ob er Lust hatte, auf die Auswilderungsfahrt mitzukommen? Morgen würde sie ihn endlich wiedersehen! Franzi spürte die Vorfreude wie Brausepulver in ihrem Bauch kribbeln. Sie hatten sich im Skatepark verabredet. Franzi konnte es kaum erwarten, seine Hand zu nehmen und neben ihm durch die Bowl zu sausen …
»Leute, ich hab eine super Idee!« Kims Stimme riss Franzi aus ihren Träumereien. Ihre Augen blitzten. »Was haltet ihr davon, wenn wir unsere Clubkasse plündern und eine Patenschaft für Heuler Franzi übernehmen?« Sie schwenkte ein Formular, das sie gerade vom Infostand geholt hatte. »Es muss ein Erwachsener unterschreiben, aber das macht bestimmt einer von unseren Eltern. Vielleicht steuern sie ja auch noch etwas Geld bei. Davon wird Franzis Futter während der Aufzucht bezahlt und wir bekommen eine Patenurkunde mit Foto von unserem Patenkind.«
»Genial!« Marie nickte eifrig. »Ich bin dafür.«

»Und ich sowieso«, sagte Franzi.
Kim steckte das Formular ein, um es später auszufüllen und an die Seehundstation zurückzuschicken. »Jetzt haben wir ein Seehund-Baby als Detektivclub-Maskottchen. Cool, oder?«
»Das bringt bestimmt Glück.« Franzi konnte den Blick nicht von ihrem Heuler losreißen. Jetzt wedelte er mit einer Flosse. Es sah aus, als würde er den Mädchen zuwinken. Franzi winkte zurück. »Dir auch viel Glück, kleine Franzi«, sagte sie leise. »Ich wünsche dir ein langes, glückliches Seehund-Leben!«

Die drei !!!

Clevere Girls knacken jeden Fall!

- ☐ Die Handy-Falle
- ☐ Betrug beim Casting
- ☐ Gefährlicher Chat
- ☐ Gefahr im Fitness-Studio[e]
- ☐ Tatort Paris[e]
- ☐ Skandal auf Sendung[e]
- ☐ Skaterfieber[e]
- ☐ Vorsicht, Strandhaie![e]
- ☐ Im Bann des Tarots[e]
- ☐ Tanz der Hexen[e]
- ☐ Kuss-Alarm[e]
- ☐ Popstar in Not[e]
- ☐ Gefahr im Reitstall
- ☐ Spuk am See[e]
- ☐ Duell der Topmodels
- ☐ Total verknallt![e]
- ☐ Gefährliche Fracht[e]
- ☐ VIP-Alarm[e]
- ☐ Teuflisches Handy
- ☐ Beutejagd am Geistersee[e]
- ☐ Skandal auf der Rennbahn[e]
- ☐ Jagd im Untergrund[e]
- ☐ Undercover im Netz
- ☐ Fußballstar in Gefahr
- ☐ Herzklopfen![e]
- ☐ Tatort Filmset
- ☐ Vampire in der Nacht[e]
- ☐ Achtung, Promi-hochzeit!
- ☐ Panik im Freizeitpark[e]
- ☐ Falsches Spiel im Internat
- ☐ Betrug in den Charts[e]
- ☐ Party des Grauens[e]
- ☐ Küsse im Schnee[e]
- ☐ Brandgefährlich![e]
- ☐ Diebe in der Lagune
- ☐ SOS per GPS
- ☐ Mission Pferdeshow
- ☐ Stylist in Gefahr
- ☐ Verliebte Weihnachten
- ☐ Achtung, Spionage!
- ☐ Im Bann des Flamenco
- ☐ Geheimnis der alten Villa
- ☐ Nixensommer
- ☐ Skandal im Café Lomo!
- ☐ Tatort Geisterhaus
- ☐ Filmstar in Gefahr
- ☐ Unter Verdacht
- ☐ Die Maske der Königin
- ☐ Skandal auf dem Laufsteg
- ☐ Freundinnen in Gefahr
- ☐ Krimi-Dinner
- ☐ Das rote Phantom
- ☐ Hochzeitsfieber!
- ☐ Klappe und Action!
- ☐ Wildpferd in Gefahr
- ☐ Geheimnis im Düstermoor
- ☐ Tatort Kreuzfahrt
- ☐ Gorilla in Not
- ☐ Das geheime Parfüm
- ☐ Liebes-Chaos!
- ☐ Der Fall Dornröschen
- ☐ Spuk am Himmel
- ☐ Flammen in der Nacht
- ☐ Der Graffiti-Code
- ☐ Heuler in Not
- ☐ Tanz der Herzen

kosmos.de Alle Bücher auch als E-Book erhältlich [e] nur als E-Book erhältlich